Red Geller

DAS SCHLOSS-TRIO
RANDY, TURBO & CO

Das japanische Schwert
Falschgeld auf der Geisterbahn
Gefährliche Agentenfracht
Die Mumie aus Kairo
Schreckensnacht im Landschulheim
Der Unheimliche mit der Goldmaske
Der Jenseits-Expreß
Geheimplan Lemuria
Alarm auf dem Reiterhof
Der Alptraum-Zirkus
Das Gespensterschiff
Jagd nach Peter Ritter
Drei gegen die Mafia
Hauptgewinn – Ein Grab im Rhein
Alarm in den Alpen
Das Rätsel der schweren Tauben
Mister Gänsehaut
Die Geistergondel
Hexentanz um Mitternacht
Gift im Tante-Emma-Laden

1. Besuch um Mitternacht

„Wenn du noch mal so dämlich fährst und mit der Stoßstange über die Mauer schrammst, drehe ich dir den Hals zum Korkenzieher, Ziege. Das verspreche ich dir."

„K... kann ja jedem mal passieren, Paule."

„Ja, aber nicht uns."

„Wir sind was Besseres, wie?"

Paule Maurer schaute seinen Kumpan Erwin Ziegenbein – kurz Ziege genannt – fast bedauernd an. „Sagen wir so, Ziege, *ich* bin etwas Besseres."

Erwin gab keine Antwort. Er schimpfte über den Nebel, den der Monat September geschickt hatte. Der heiße, lange Sommer lag hinter ihnen, und mit tropischen Temperaturen brauchte man nicht mehr zu rechnen.

Der Nebel lag in dicken, grau-weißen Schwaden über der Straße, vom Licht der Scheinwerfer kaum zu durchdringen. Deren Strahlen verwandelten sich in bleiche, weiße Flecken, Tüchern ähnlich, die unsichtbare Hände durch den Dunst schwenkten.

Wer nur konnte, blieb in dieser Nacht im Haus. Erwin Ziegenbein und Paule Maurer waren daher nicht zu ihrem Vergnügen unterwegs. Sie hatten einen „Job" zu erledigen, den sie kurz vor Mitternacht übernommen hatten und der sich wohl noch zwei Stunden hinziehen würde. Vor der Morgendämmerung aber würden sie fertig sein, denn das war wichtig.

Sie hockten in einem Opel Caravan, der sich wie ein dunkler Kasten durch die graue Brühe schob.

Ziege fuhr. Man nannte ihn nicht nur so, er sah auch fast so aus, mit seinem langen Hippengesicht, in dem die Knochen vorsprangen und das am Kinn wie ein Dreieck zulief. Auf seiner Oberlippe wuchsen einige Härchen, die den Namen Bart nicht verdienten. Wenn er einmal zu stark mit dem Handtuch darüber hinwegrieb, war die Herrlichkeit verschwunden.

„Fahr mal langsamer", sagte Maurer.

„Noch mehr?"

TOSHIKIARA (TURBO)

Toshikiara ist Japaner und Randys Freund. Da er einen Namen hat, der schlecht auszusprechen ist, wird er kurz „Turbo“ genannt. Turbos Eltern sind verschollen. In Japan besitzt er keine engeren Verwandten mehr. Die Familie Ritter hat sich deshalb entschlossen, ihn bei sich aufzunehmen, worüber sich natürlich Randy – der ein Einzelkind ist – unwahrscheinlich gefreut hat. Turbo besucht eine deutsche Schule. Die deutsche Sprache hat er in Japan gelernt, unter anderem auch durch den Briefwechsel, den er und Randy geführt haben. Als Erbe seiner Eltern besitzt Turbo ein altes Samurai-Schwert, dem magische Kräfte nachgesagt werden. Dieses Schwert hütet er wie einen kostbaren Schatz. Er ist kleiner als Randy und trägt das schwarze Haar zu einer Bürste geschnitten. Seiner asiatischen Mentalität entsprechend, reagiert er eher bedächtig. Wenn es aber sein muß und darauf ankommt, ist der fünfzehnjährige Turbo voll da.

MICHAELA SCHRÖDER (ELA)

Michaela Schröder, auch „Ela“ oder „Möpschen“ gerufen – den letztgenannten Namen mag sie nicht –, ist die dritte im Bunde. Ela wohnt in unmittelbarer Nachbarschaft der Ritters; sie ist dunkelhaarig, trägt gern einen Pferdeschwanz, ist eine gute Judo-Sportlerin, in der Klasse irre stark in allen Fächern und liebt besonders ihren Rauhhaardackel „Biene“. Sie hat noch einen kleineren Bruder namens Michael. Ihr Vater arbeitet beim Bau. Ela ist Randys Freundin, auch wenn sich die beiden hin und wieder streiten, daß die Fetzen fliegen; das haben sie jedoch schon im Sandkasten getan. Michaela ist sehr neugierig und schafft es immer wieder, genau dort aufzutauchen, wo etwas los ist. Darüber kann sich Randy manchmal ärgern.

Ela, Randy und Turbo gehören zusammen. Diese drei Freunde bilden auch „Das Schloß-Trio“.

„Ja, zum Henker! Ich will schließlich wissen, wo wir abmüssen. Verfahren haben wir uns schon zweimal."

Ziege grinste breit und lachte dann. Es hörte sich meckernd an. „Ist nicht meine Schuld. Für den Weg bist du zuständig, habe ich mir sagen lassen."

„Klar, immer ich." Paule Maurer rieb über seine Nase. Im Gegensatz zu der seines Kumpans war seine klein und knubbelig. Paule gehörte zu den Typen, die einfach nicht dünner wurden, auch wenn sie noch so sehr abspeckten. Meist blieb es bei ihm beim Vorsatz, denn Hamburger, Pommes frites und Currywurst waren eben zu große Verführer. Seine dicke Speckrolle über dem Bauch nannte er das Halbe-Liter-Geschwür, und sein im Verhältnis zum Körper kleiner Kopf sah aus wie eine etwas breit geschlagene Kugel mit zwei Ohren.

Die Häuser am Rand der Straße waren noch zu sehen. Sie wirkten wie eine gespenstische Kulisse für einen Gruselfilm.

Vorsichtig fuhr Ziege an den am Straßenrand geparkten Wagen vorbei.

„Die nächste links", sagte Maurer.

„Und dann?"

„Sage ich dir Bescheid. Gib aber acht, die Straße ist ziemlich eng, wenn mich nicht alles täuscht."

„Noch enger?"

„Hättest ja wegbleiben können."

„Schon gut, schon gut, reg dich nicht auf." Ziege schüttelte den Kopf und betätigte den Blinker.

Der Wagen befand sich schon in der Kurve, als die Einmündung auftauchte.

Die Straße war tatsächlich noch schmaler, und Ziege mußte sein ganzes fahrerisches Können aufbieten, um die Kurve normal zu nehmen. Der verflixte Nebel war in den letzten Minuten dichter und dichter geworden.

„Hinter dem letzten Haus auf der linken Seite fährst du wieder nach links auf den Hof."

„Bist du dir sicher, Paule?"

„Und wie."

Der Opel kroch dahin. Kein Mensch war auf der Straße. Auch hinter den Fenstern brannte kein Licht. Die Menschen lagen in ihren Betten und schliefen.

Paule Maurer hatte sich vorgebeugt, um an seinem Kumpan vorbeizuschauen. Die Fronten der Häuser glitten vorbei. Sie sahen aus, als wären sie in Dampf gehüllt.

Das letzte Haus hatte ein Schaufenster. „Jetzt den Bogen!" flüsterte Paule.

Ziege nickte nur. Es gab keine weitere Straße mehr. Hier hatten mal Häuser gestanden. Sie waren abgerissen worden, um einem modernen Wohnblock Platz zu machen, aber bisher hatte man mit dem Bauen noch nicht angefangen. Die Reifen knirschten über den dünnen Schotter. Hochwachsendes Unkraut kratzte über das Blech.

Paul saß jetzt weit vorgebeugt, hatte einen Arm halb erhoben und ließ die Hand dann fallen, als er sicher war.

Ziege stoppte, machte „Puh" und wischte sich mit dem Handrücken den Schweiß von der Stirn. „War ganz schön anstrengend, kann ich dir sagen."

„Dafür wirst du auch gut bezahlt." Paule Maurer knipste den Schalter der Innenbeleuchtung aus. Kein Licht sollte den Opel erhellen, wenn die beiden Männer ausstiegen.

Paule öffnete die Heckklappe. Auf der Ladefläche standen zwei große Kartons. „Los, Ziege, schneller."

„Ja, ja, bin schon da." Seine Schritte knirschten lauter, als er näher kam. Paule stellte ihm den ersten Karton auf die vorgestreckten Arme und lud auch noch den zweiten auf, was Ziege mit einem wütenden Zischen quittierte.

„Mensch, halt die Klappe! Einer muß die Tür aufschließen."

„Warum du?"

„Weil ich den Schlüssel habe, du Idiot!" Paul ging kopfschüttelnd vor. Er hörte, daß sich Ziege beschwerte, was ihn nicht weiter störte. Einer mußte eben den Kuli spielen.

Vor einer Hintertür blieb er stehen. Am Schlüsselbund hatte Paule eine winzige Taschenlampe befestigt. Mit ihr leuchtete er das Schloß ab, bevor er zufrieden nickte.

Hinter ihm keuchte Ziege unter der Last der beiden Kartons. „Ist alles klar?"

„Ja."

„Beeil dich."

Paule Maurer ließ sich nicht beirren. Er hatte den richtigen Schlüssel gefunden. Unwillkürlich grinste er, als er daran dachte, wie perfekt diese Dinger nachgemacht werden konnten. Glatt wie eine Messerklinge in einen Fettberg glitt der Schlüssel in das Schloß der Hintertür. Paule mußte ihn zweimal drehen. Er tat dies mit angehaltenem Atem, nickte dann zufrieden und drückte die Tür sehr behutsam nach innen.

Die Angeln waren gut geölt; es entstand kein Geräusch, als Paule Maurer als erster das Haus an der Rückseite betrat. Wieder ließ er seine kleine Lampe aufblitzen und wandte sich dann nach links, wo er eine Holztür sah.

Hinter ihm keuchte Ziege. Der Mann war froh, daß er seine Last bald loswerden konnte. Die Kartons nahmen ihm einen Teil der Sicht. So war es kein Wunder, daß er über eine am Boden stehende Waschmitteltonne stolperte.

„Himmel, gib doch acht!"

„Dann trag du den Mist."

„Ja, ja, her damit!" Paule nahm Ziege die beiden Kartons ab. Er stellte sie unterhalb eines kleinen Fensters an der Wand ab. Dann winkte er Ziege herbei.

Im Schein der Minileuchte sah die Gestalt von Erwin Ziegenbein aus wie ein tanzender Schatten. Paule Maurer deutete mit dem ausgestreckten Zeigefinger auf zwei Kartons, die denen, die sie gebracht hatten, zum Verwechseln ähnlich sahen.

„Nimm sie mit."

Ziege kannte sich aus. Er packte die Kartons, drehte sich um und ging wieder zur Tür.

Paule Maurer blieb noch zurück. Er stellte die neuen Kartons genau dort hin, wo die beiden anderen ihren Platz gehabt hatten. Der Austausch war auch auf den zweiten Blick nicht zu bemerken. Die Männer hatten keine Spuren hinterlassen. Hinzu kam, daß der Lagerraum ungewöhnlich sauber war.

Erwin Ziegenbein hatte die neuen Kartons eingeladen und die Heckklappe geschlossen. Er stand im Nebel und wartete auf seinen Freund. Einmal zuckte er zusammen, als in der Nähe ein Hund bellte. Im Nebel klang das Geräusch, als hätte jemand stark gehustet.

An der Tür bewegte sich Paules Schatten. Er schloß sie ebenso leise, wie er sie geöffnet hatte. Locker schlenderte er auf seinen Freund zu und blieb grinsend vor ihm stehen.

„Alles klar?"

„Was denkst du denn, Ziege. Merke es dir fürs Leben. Wenn ich dabei bin, geht immer alles klar. Sei dankbar, daß du mich als Partner gefunden hast, mein Freund."

„Soll ich gleich auf die Knie fallen, Mann?"

„Nein, lieber fahren."

„Wie du willst."

Erwin Ziegenbein war froh, die ungastliche Gegend wieder verlassen zu können. Ihm hatte der ganze Job sowieso nicht gepaßt, aber daran ändern hätte er ohnehin nichts können. Mitgefangen, mitgehangen. Und was tat man nicht alles für einen alten Bekannten, wenn man arbeitslos war. Daß Paule Maurer nicht aus eigenem Antrieb handelte, stand für Ziege ebenfalls fest. Einmal hatte er gefragt, wer hinter Maurer stand und sein Auftraggeber war, aber Maurer hatte nur feist gegrinst und ihm die Wange getätschelt: „Man darf alles essen, mein Junge, aber nicht alles wissen", hatte er hämisch hinzugefügt.

„Wo willst du denn jetzt hin?" fragte Ziege.

Maurer rieb seine Hände. „Jetzt fahren wir in den Käfig und holen den Lohn."

Das hatte Ziegenbein nur hören wollen. Für Geld war er immer zu haben. Als er den Wagen gestartet hatte und langsam anfuhr, spürte er schon das Brennen in seiner Kehle, das nur mit einigen Gläsern Bier gelöscht werden konnte.

Auch nach Mitternacht war der *Käfig* noch voll. Was sich hier alles traf, waren Leute, die einige Jahre Gefängnis auf dem Buckel hatten.

In der Szene war das Lokal bekannt. Die Polizei hatte auch öfter Razzien durchgeführt, ohne jedoch etwas von dem hier vermuteten Rauschgift zu finden. Der Wirt hielt den Laden *clean*.

Als die beiden Männer eintraten, schlug ihnen eine Mischung aus Rauch, Gegröle und Alkoholdunst entgegen. Im Hintergrund plärrte aus einer Musikbox der neueste Song der Sängerin und Schreitüte Madonna, aber selbst sie konnte den Lärm der Gäste nicht übertönen.

Die Theke war zum Platzen voll. Sie bildete inmitten des engen Raumes ein Viereck, nur an einer Seite halb geöffnet, damit Rita, die dunkelhaarige Kellnerin, zu den Tischen durchgehen konnte. Rita hatte ihre besten Jahre schon hinter sich, aber ihr Haar war noch immer so rot wie früher.

Sie entdeckte die beiden Neuankömmlinge, die an der Tür standen. Paule rieb sich gerade die Augen. Sie mußten sich erst an den Mief hier gewöhnen. Rita winkte ihnen zu.

„He, da seid ihr ja."

„Wieso?" fragte Ziege.

Rita zog die Nase hoch und stellte das mit vollen Biergläsern gefüllte Tablett auf die Theke. „Da hat jemand für euch angerufen. Schon zweimal."

„Und?"

„Weiß ich doch nicht."

„Hat der Anrufer einen Namen genannt?" wollte Paule wissen.

„Nein. Aber er hat gesagt, daß er kommen wird und ihr hier auf ihn warten sollt."

„Klasse, Rita." Paule schlug der Frau auf die Schultern. Die Kellnerin aber winkte ab und ging.

Im Gegensatz zur Theke waren an den wenigen Tischen noch Plätze frei. Die Männer konnten sich einen aussuchen. Sie entschieden sich für den dicht an der Tür.

Ziege bestellte für sich gleich zwei Altbier. Sein Kumpel gab sich mit einem zufrieden. Weshalb das Lokal *Käfig* genannt wurde, lag auf der Hand. Die hellen Wände waren mit Gitter-

stäben bemalt, die aussahen wie grüne, zitternde Arme. Manche Gäste erinnerte das an den Knast, in dem sie einige Zeit ihres Lebens verbracht hatten.

Hier aber konnten sie raus, das war wichtig.

Ziege trank das erste Glas mit einem langen Zug leer. Beim zweiten ließ er sich mehr Zeit. Es war noch zur Hälfte voll, als der Mann das Lokal betrat, der per Telefon nach ihnen gefragt hatte. Es war ihm anzusehen, daß er nicht zur Szene gehörte. Er trug einen langen Trenchcoat, blieb für einen Moment vor der Tür stehen und schaute sich um. Als er Paules Zischen hörte, blickte er in ihre Richtung. „Hier sind wir."

Der Mann nickte. Er nahm den dunklen Hut nicht ab, setzte sich zu ihnen auf einen freien Stuhl und hockte dort in einer Haltung, als wollte er im nächsten Augenblick wieder aufspringen und weglaufen. Der Hutrand beschattete einen Teil seines Gesichts. Er traf immer noch keine Anstalten, die Kopfbedekkung abzunehmen, bestellte aber bei Rita eine Flasche Mineralwasser.

„Nun?"

Paule sprach flüsternd mit ihm. „Wir haben alles erledigt."

„Die drei Läden?"

„Ja."

„Gab es Schwierigkeiten?"

„Überhaupt nicht. Nur der Nebel eben."

Der Mann winkte ab. „Der war ein idealer Schutz. Da dürft ihr euch nicht beschweren."

„Klar doch." Paule Maurer grinste. „Wie geht es weiter mit uns. Was liegt als nächstes an?"

„Nichts mehr."

„Schade."

„Moment." Der Mann im Trench trank einen Schluck. „Es kann sein, daß ich dich in den nächsten Tagen anrufe. Wir müssen erst die Wirkung abwarten."

„Gut." Paule war mit der Antwort recht zufrieden. Da hatte er Zeit genug, um Billard zu spielen. Er gehörte mit zu den besten Amateuren in der Stadt.

„Aber leben müssen wir auch“, meinte Ziege, wobei er grinste und Daumen und Zeigefinger gegeneinander rieb, eine international verständliche Geste.

„Ist klar.“ Der Fremde griff in die rechte Tasche des Mantels. Er holte einen braunen Umschlag hervor, den er den beiden Männern über den Tisch schob. „Ihr braucht nicht nachzuzählen, die Summe stimmt.“

„Wir glauben dir.“ Paule legte seine Hand auf den Umschlag, was Ziege mit einem Stirnrunzeln quittierte.

Der Fremde nahm noch einen Schluck aus dem Glas, bevor er aufstand. „Wir hören wieder voneinander.“

Erst jetzt fiel den beiden auf, daß er die ganze Zeit über seine Handschuhe nicht ausgezogen hatte. Er war eben ein Mensch, der auf Nummer Sicher ging.

So schattenhaft, wie er gekommen war, zog er auch wieder ab. Ziege ärgerte sich darüber, daß er sein Wasser nicht bezahlt hatte. „Die Rechnung müssen wir ihm noch nachreichen.“

Paule winkte ab. „Stell dich nicht so an.“

„Klar, was ist mit dem Kies?“

Maurer hob seine Hand vom Umschlag und zog ihn an sich. „Willst du die Scheine jetzt?“

„Klar. Es waren zehn Blaue abgemacht.“

„Die kannst du auch haben.“ Paule zog die Scheine mit einem Griff hervor.

Blitzschnell ließ Ziege das Geld verschwinden. „Wieviel ist denn noch für dich in der Tüte?“

„Die gleiche Summe.“

„Ach ja?“

„Glaubst du mir nicht?“

Ziege grinste. „Nein, Paule.“

„Dann hast du Pech gehabt, wenn du den großen Zweifler spielen willst. Für mich ist die Sache erledigt.“ Er legte zehn Mark auf den Tisch. „Ich verschwinde.“

„Wohin denn?“

„Eine Partie spielen. Du solltest auch damit anfangen. Billard beruhigt die Nerven ungemein.“

2. Gefährlicher Einkauf

Frau Schröder wischte eine Strähne ihres dunklen Haares aus der Stirn, das auch ihre Tochter Ela geerbt hatte. „Du hast es mir versprochen, Ela."

„Was denn, Mutti?"

„Daß du heute morgen mit mir zum Einkaufen fährst. Ich will noch einige schwere Sachen kaufen, du kannst mir tragen helfen. Wenn Vater von der Montage zurückkommt, soll er wenigstens etwas zu trinken vorfinden. Einverstanden?"

„Klar. Und wo willst du einkaufen?"

„Heute wieder bei Frau Lindemann." Elas Mutter streifte sich die Jacke über. „Ich finde es bei ihr besser als in diesem komischen neuen Supermarkt. Wenn wir Frau Lindemann in ihrem Tante-Emma-Laden nicht unterstützen, muß sie das Geschäft bald aufgeben. Und das will wohl keiner hier."

„Stimmt."

Frau Schröder nickte. „Ich gehe dann schon vor." Sie war eine schlanke Frau, die das Haar modisch geschnitten trug. Elas kleiner Bruder sollte zu Hause bleiben. Eine Nachbarin paßte auf ihn auf. Auch Biene, der weibliche Rauhhaardackel, durfte nicht mit.

Aber Biene protestierte. Sie sprang an Elas lachsfarbener Jeans hoch, kratzte mit den Pfoten und mußte sich anhören, daß sie nicht mit in den Laden hineindurfte, denn das hatte Frau Lindemann nicht gern.

„Und an der Hauswand möchtest du ja auch nicht festgebunden werden – oder?" fragte Ela, die das Hupen von draußen hörte, denn Frau Schröder saß bereits im Auto.

„Bis gleich dann, Biene." Ela winkte dem Hund zu, verließ das Haus und trat hinein in den herbstlich warmen Sonnenschein, der über der Neubausiedlung lag.

Um den Laden von Frau Lindemann zu erreichen, mußten sie in den Ort hineinfahren. Es war eine der typischen Vorstädte am Rhein, noch ruhig; von der Hektik der nahen Großstadt Düsseldorf war hier noch nichts zu spüren.

„Das Leergut steht schon im Kofferraum", erklärte Frau Schröder, als ihre Tochter die Tür des Opels zuschlug. Die Schröders fuhren einen gebrauchten Omega. Er bot für die vierköpfige Familie und den Hund genügend Platz.

Im Schrittempo rollten sie durch die verkehrsberuhigte Straße. Hier mußten die Verkehrsteilnehmer aufeinander Rücksicht nehmen. Fußgänger und spielende Kinder hatten Vorrang.

Einige Male winkte Frau Schröder Nachbarinnen zu, die sich vor ihren Häusern aufhielten. Einige harkten die Vorgärten. Erste Blätter waren gefallen und mußten aufgesammelt werden.

„Was machen eigentlich deine beiden Freunde Randy und Turbo? Ich habe lange nichts mehr davon gehört, daß ihr ein faules Ei ausgebrütet habt."

Ela verzog das Gesicht. „Aber Mutti, wie kannst du das sagen. Wir haben nie etwas ausgebrütet, geschweige denn ein faules Ei. Ich denke, das siehst du falsch."

„Eine Mutter sieht das immer anders als ihr Kind. Und sage nicht, daß es manchmal nicht um Haaresbreite gegangen ist."

Ela hob die Schultern. „Ich weiß nicht, was sie machen. Wir sehen uns in der Schule, die auch immer streßiger wird."

„Soll ich dich bedauern, Tochter?"

„Aber nur, wenn du Zeit hast."

„Es war also lange nichts mehr los bei euch."

„Leider."

„Gestattest du, daß ich es anders sehe?"

Ela seufzte. „Das müssen Mütter wohl."

Danach schlief ihre Unterhaltung ein. Sie hatten die Wohnsiedlung hinter sich gelassen und rollten in den kleinen Vorort. Noch fuhren sie auf der Hauptstraße, wo sich Geschäfts- und Wohnhäuser abwechselten.

Ihr Ziel lag in einer kleinen Seitenstraße, die sie bis zum Ende durchfahren mußten. Frau Lindemann, die Besitzerin des Geschäfts, arbeitete und wohnte im letzten Haus. Sie stand immer allein im Laden und bediente auch. Ihr Sohn kümmerte sich um den Einkauf. Sie war Witwe und hing mit ganzem Herzen an dem kleinen Geschäft, in dem es trotz des geringen Platzangebots fast alles zu kaufen gab, was ein Käuferherz begehrte. Und was nicht in den Regalen stand, holte Frau Lindemann aus dem Lager.

Ihr Sohn kaufte schon sehr früh ein. Seinen eigentlichen Beruf übte er in Teilzeitarbeit mit einem Kollegen aus. Seine Schicht begann erst am Mittag. Er arbeitete in einer Computer-Firma.

Der Laden lag verkehrsgünstig. Direkt neben dem Haus befand sich ein Parkplatz, auf dem zahlreiche Fahrzeuge Platz fanden. Dort konnte auch das Leergut ausgeladen und ins Lager geschafft werden, dessen Tür tagsüber nie verschlossen war, was Stammkunden wußten.

Beim Aussteigen fragte Frau Schröder: „Muß ich dir dabei helfen, die Kisten zu tragen?"

Ela schüttelte den Kopf. „Das schaffe ich auch so, Mutti."

„Ich gehe schon mal hinein."

„Gut."

Ela schaute ihrer Mutter nach, bevor sie die drei Leergut-Kästen aus dem Kofferraum hievte. Sie waren gefüllt mit Bier-, Limo- und Mineralwasserflaschen.

Ela kannte sich aus. Links hinter dem Eingang fand sie die kleine Tür zum Lagerraum. Es roch wie immer. Nach Äpfeln und Birnen, die Frau Lindemann lagerte. Ela mochte den Geruch so sehr, daß sie bei ihrer Arbeit lächelte.

Die Sache war schnell erledigt. Ela hieb den Deckel des Kofferraums wieder zu und stand wenig später vor dem Geschäft. Über Schaufenster und Tür hatte Frau Lindemanns Sohn den Namen FEINKOST LINDEMANN in leuchtenden Buchstaben frisch auf die Hauswand gepinselt. Die safrangelbe Farbe stach deutlich von dem dunkleren Untergrund ab.

Bestimmt hatte er die Buchstaben extra so hell gepinselt, denn es gab da eine Supermarktkette, die hier gern eine Filiale eröffnet hätte. Das Gelände dafür war vorhanden, nur gehörte es den Lindemanns, und Frau Lindemann würde niemals an den Konzern SUPER-KAUF etwas abgeben, solange sie lebte. Nur über ihre Leiche, hatte sie oft scherzhaft gesagt.

Ein paarmal hatte die Konkurrenz versucht, Frau Lindemann mit Geld zu bestechen. Sie hatte nur gelacht und davon gesprochen, daß sie sich auch mit weniger glücklich fühlte.

Die alte Glocke unter der Decke bimmelte, als Michaela Schröder die Tür aufstieß. Ihr dunkles Haar hatte sie an diesem Morgen zu einem Zopf geflochten, der von einer Art Lametta-Faden geschmückt wurde, jedenfalls glitzerte der Zopf.

Das Geschäft war ein kleines Reich für sich. Tausend Dinge, zahlreiche Düfte vereinigten sich, aber das Prunkstück des Geschäfts war die Theke und die dahinterliegende Holzwand mit den zahlreichen Schubladen, die bis unter die Decke reichten. Da waren Mehl, Zucker, Hülsenfrüchte und Gewürze verteilt. Es glich stets einem kleinen Zeremoniell, wenn Frau Lindemann eine der Schubladen aufzog. Normalerweise residierte sie direkt hinter dem Thekenaufbau, wo die hohen Gläser mit Rollmöpsen oder Bratfischen offen neben verpackten Süßigkeiten standen, was bei irgendwelchen Zuckerstangen begann und beim Kaugummi aufhörte.

Die Tonnen mit den Waschmitteln standen in der Ecke. Auf einem alten Heringsfaß hatten die Flaschen mit den Flüssiggewürzen ihren Platz gefunden. An den Wänden hingen die Tüten, und neben der Tür war auch noch Platz für eine große Waage, dicht hinter der Tiefkühltruhe, ohne die man nicht auskam. Hier hatten auch noch die Kisten mit dem Obst ihr Eck gefunden. Frau Lindemann bot nicht viel Obst an. Was sie aber verkaufte, war erste Sahne. Ebenso verhielt es sich mit Wurst und Käse.

Ela Schröder war schon oft bei Frau Lindemann gewesen, trotzdem wurde sie immer wieder überrascht, wenn sie den Laden betrat. Er kam ihr jedesmal wie Neuland vor.

Inmitten dieses Reiches herrschte Frau Maria Lindemann wie eine Königin. Sie war eine hochgewachsene Frau mit grauen Haaren, einem naturroten Gesicht und vollen Lippen, die sie stets zu einem Lächeln verzogen hatte.

Jeder Kunde kannte sie so, wie sie sich auch an diesem Tag präsentierte. Ein blütenweißer Kittel umspannte ihre Figur. Er strahlte die gleiche Sauberkeit aus wie Frau Lindemann selbst, auch an den heißesten Tagen wirkte sie immer wie aus dem Ei gepellt.

„Guten Morgen, Ela“ begrüßte sie das Mädchen und lächelte. „Hast du die leeren Kästen gut verstaut?“

„Ja, perfekt.“ Ela schaute sich um. „Wo ist meine Mutter?“

„Schau mal nach hinten. Sie hat dort jemand getroffen, den du auch kennst."

„Wen denn?"

Frau Lindemann lächelte nur. „Geh hin."

Der Laden war größer, als es auf den ersten Blick den Anschein hatte. Er führte in die Tiefe des Hauses wie ein Schlauch. Längsseits waren die Regale aufgestellt, in denen sich die zahlreichen Konservendosen und Flaschen stapelten.

Ela hörte die Stimme ihrer Mutter und auch das Lachen einer Männerstimme.

Jetzt wußte sie, wen ihre Mutter getroffen hatte. Es war Alfred, Freund und Kumpel des Schloß-Trios.

Alfred war bei den Ritters angestellt. Er ging Dr. Ritter, Randys Vater, zur Hand, denn der hatte einen nicht ungefährlichen Job, wie Ela mittlerweile wußte.

Die Ritters wohnten in einem alten schloßähnlichen Gebäude mit einem turmartigen Anbau, der schon ein Geheimnis barg, nämlich das Labor von Dr. Ritter.

Er war Privat-Wissenschaftler, arbeitete allerdings auch für die Regierung, und das oftmals an nicht eben ungefährlichen Forschungen, die durchaus den Stempel *top secret* verdienten.

Was Alfred genau bei den Ritters tat, wußten selbst Randy und Turbo nicht. Als Mädchen für alles wurde er bezeichnet. Jedenfalls war er früher einmal Stuntman beim Film gewesen. Als Special-Effect-Mann, kannte er viele Tricks und war auch ein Spezialist für Pyrotechnik. Alfred war um die dreißig, dunkelhaarig, und er trug einen schmalen Oberlippenbart.

„Hallo, Ela, lange nicht mehr gesehen." Er reichte dem Mädchen die Hand und schüttelte sie.

„Das meine ich auch. Wie geht es Randy und Turbo?"

„Randy langweilt sich. Turbo sitzt schon seit Tagen vor seinem Computer und will Programme schreiben."

„Jeder hat sein Hobby. Sonst ist nichts los?"

Alfred konnte sich ein breites Grinsen nicht verkneifen. „Du bist wohl wieder scharf auf Action, wie? Haben dir die Heidehexen nicht gelangt?"

„Ist schon etwas her. Jetzt packt einen der Frust."

„Na, na", mischte sich Frau Schröder ein. „So schlimm wird es wohl nicht sein. Es gibt andere Dinge, die für euch wichtiger sind. Die Schule, zum Beispiel."

Ela zog einen Flunsch. „Mußt du mich an einem Samstag daran erinnern, Mutti?"

„Eltern denken eben so", sagte Alfred. „Du wirst später nicht anders sein, wenn du mal Familie hast."

„Wetten doch?" Ela streckte ihm die Hand entgegen.

„Ich halte dagegen!"

„Um was wetten wir?"

„Eine Wanne Pudding!" schlug Alfred vor.

Die beiden Schröders mußten lachen. Alfred war ein Typ, dem das Scherzen leicht fiel.

„Also gut, eine Wanne Pudding. Aber die mußt du allein leeressen."

„Nein, mit dir zusammen."

„Ich versuche es zumindest."

Frau Schröder segnete die Wette ab, indem sie durch einen leichten Schlag die beiden Hände trennte.

„Ich bin hier fertig", erklärte Alfred.

„Was hast du denn geholt?"

Er schaute Ela an. „Etwas Trinkbares. Hast du den Wagen nicht gesehen?"

„Kann sein, aber ich habe nicht darauf geachtet." Als Alfred nach vorn zur Theke ging, folgte das Mädchen ihm. Er wandte sich an Frau Lindemann. „Haben Sie mir die Rechnung zusammengestellt?"

„Ja."

Sie reichte ihm einen Zettel. Alfred holte einen Hunderter hervor und bekam noch Wechselgeld zurück. Aber er ging noch nicht. Er schaute Frau Lindemann an und schüttelte den Kopf.

„Sie gefallen mir heute nicht, Frau Lindemann."

„Wieso? Was habe ich . . ."

„Sie sind irgendwie bedrückt, finde ich. Nicht so lustig wie sonst, meine ich. Haben Sie Ärger?"

Sie lachte laut, doch auch unecht. Ihre Handflächen rutschten dabei über die Theke. „Was sollte ich denn haben, Herr Alfred?“ So nannte sie ihn.

„Ich weiß es auch nicht. Sie kommen mir irgendwie verändert vor. Als machten Sie sich über etwas Sorgen und...“

Auf den Wangen der Frau tanzten plötzlich hektische Flekken. „Da irren Sie sich.“

„Na – ich weiß nicht...“

Ela hatte kaum zugehört. Ihr war ein dreieckiger Aufbau aus Gläsern aufgefallen. „Was ist das denn, Frau Lindemann?“ fragte sie. „Ist das alles neu?“

„Der Sahnedrink?“

„Genau.“

Sie nickte. „Der ist neu. Soll angeblich toll schmecken. Lies mal, was unter der Marke steht.“

Ela las laut vor: „Kraft, die Power schafft!“

„Ja, damit wollen sie voll in die Werbung.“

„Wie schmeckt das denn?“ erkundigte sich Ela mit Zweifel in der Stimme.

„Angeblich ganz gut. Ich habe es noch nicht probiert. Aber du kannst es. Nimm dir ein Glas und trinke von....“

„Nein, nein, zu viele Kalorien. Das kann ich mir nicht leisten. Nicht wahr, Mutti?“ Ela hatte gesehen, daß ihre Mutter an die Theke herangetreten war.

Frau Schröder lachte. Sie trug einen Korb am Arm, in den sie einige Lebensmittel gelegt hatte. Auf Plastiktüten hatten die Schröders schon längst aus Umweltschutzgründen verzichtet. „Das ist mir egal, Ela. Ich jedenfalls möchte noch Obst und Gemüse kaufen. Was haben Sie denn heute Besonderes anzubieten, Frau Lindemann?“

„Die Äpfel sind erste Klasse.“

„Darf ich mal sehen?“

„Gern, kommen Sie.“

Bevor die beiden Frauen in der Obstecke verschwanden, hatte sich Alfred entschlossen. „Gilt das Angebot des Sahnedrinks auch für mich, Frau Lindemann?“

„Klar, Herr Alfred."

„Dann werde ich mir mal einen Becher gönnen." Alfred griff zu, beobachtet von Ela, die ihren Mund zu einem abwartenden Lächeln verzogen hatte.

„Sollen wir uns das teilen?"

„Nein, nein, Alfred. Ich bleibe standhaft."

„Wie du willst."

„Für den werden sie auch bald im Fernsehen Reklame machen", rief Frau Lindemann aus der Obstecke herüber, wo sie gebückt stand und Elas Mutter die schönsten Äpfel heraussuchte.

„Dann muß er ja schmecken", meinte Alfred lächelnd. Er riß den Deckel ab.

„Ohne Konservierungsstoffe, Herr Alfred."

Der schnüffelte. „Ja, das riecht man."

„Wieso das denn?"

Er zwinkerte Ela zu. „Was soll man sonst sagen."

„Ach so."

Umzurühren brauchte Alfred nicht. Der Drink war flüssig genug. Er hob den kleinen Becher an den Mund und leerte es mit einem Schluck bis zur Hälfte.

„Na und?"

Alfred setzte den Becher ab, verdrehte die Augen und schnippte mit den Fingern. „Stark, Ela, echt gut."

„Wirklich!"

„Ja, das ist..." Plötzlich schluckte er, wischte über seine Lippen und zwinkerte mit den Augen. Gleichzeitig begann er zu schwanken. Nur mit Mühe konnte er sich an der Theke abstützen.

„He, Alfred, was ist?"

„Ich... ich weiß es auch nicht." Scharf stieß er die Luft aus. Plötzlich schimmerte sein Gesicht bleichgelb wie kaltes Hammelfett. Schweiß stand auf seiner Stirn.

Er würgte, zitterte. Bevor Ela noch nach ihrer Mutter und Frau Lindemann rufen konnte, geschah es. Alfred fiel um wie ein gefällter Baum und blieb direkt vor der Theke liegen...

Für einen Moment ergriff Ela kaltes Entsetzen. Vom Nacken lief ihr eine Gänsehaut bis zum letzten Wirbel hinab. Sie sah auf Alfred, der den Drink losgelassen hatte. Das Glas war umgekippt, die Flüssigkeit lag als helle Lache auf dem Bohlenboden.

Ela glaubte an einen schlimmen Alptraum. Das konnte alles nicht wahr sein, doch Alfreds röchelnder Atem bewies ihr das Gegenteil.

Das Mädchen wollte schreien, es konnte nicht.

Alfred stöhnte laut auf. Er hatte seine Hände auf den Leib gepreßt, als hätte er große Bauchschmerzen.

Elas Mutter und Frau Lindemann standen noch immer bei den Obstkisten und unterhielten sich. Sie hatten nichts davon mitbekommen. Als Ela sich nun umdrehte, kam es ihr vor, als würde sie sich in Zeitlupentempo bewegen.

Mit unsicheren Schritten näherte sie sich den beiden Frauen. Plötzlich drehte sich ihre Mutter um und sah ihr entgegen.

Stumm deutete Ela hinter sich. Sie konnte immer noch nicht sprechen.

Schrecken überzog das Gesicht der Frau. „Himmel, Ela, was ist mit dir? Mein Gott, du...“ Sie redete nicht mehr weiter, sondern faßte das Mädchen an den Schultern und schüttelte es leicht.

Ela zog die Nase hoch. Sie schluchzte und schluckte zugleich. Tränen stiegen ihr in die Augen und ließen sie feucht werden. Sie zwinkerte, zog wieder die Nase hoch.

„Bitte, Ela, bitte...!“

„Al... Alfred...“

„Was hast du mit...“

„Er liegt da. Genau vor der Theke, Mutti. Und... und er kann kaum richtig atmen.“

„Nein!“ rief Frau Schröder, ließ ihre Tochter stehen und war mit ein paar schnellen Schritten bei dem röchelnden Mann. Sie beugte sich nieder, schaute in Alfreds schmerzverzerrtes Gesicht, sah die auf den Bauch gepreßten Hände und auch die milchig weiße Lache auf dem Bohlenboden sowie das umgestürzte Glas.

Ihr wurde zwar nicht alles klar, aber sie hatte einen Verdacht. Sie schnellte hoch und sah sich suchend um.

Vor ihr stand schreckensbleich Frau Lindemann mit offenem Mund, aus dem kein Wort hervordrang. Sie atmete heftig. „Ihr Telefon! Wo ist Ihr Telefon?“

„Küche...“

Frau Schröder wußte Bescheid. Sie verschwand hinter der

Theke durch eine Schiebetür im Regal und wählte in der kleinen Küche mit zitternden Fingern den Notruf 110.

Währenddessen ging Frau Lindemann wie eine Schlafwandlerin durch den Laden. Es grenzte schon an ein kleines Wunder, daß sie nirgendwo anstieß, so verstört wie sie aussah. Auf einer der großen Waschmitteltonnen nahm sie Platz.

Ela hatte sich nicht getraut, an sie eine Frage zu stellen. Sie blieb stehen und wartete auf ihre Mutter, die jetzt kreidebleich aus der Küche zurückkehrte.

„Wir sollen Alfred nicht bewegen. Der Notarzt wird gleich kommen, auch die Polizei."

Ela nickte nur.

„Aber was ist passiert?"

Das Mädchen hob die Schultern. „Alfred hat getrunken", erzählte sie mit einer roboterhaft klingenden Stimme. „Er hat den Drink probiert."

„Was geschah weiter?"

„Er fiel einfach um. Ich glaube, er hat sich nicht einmal zusammengekrümmt. Das Glas hielt er noch in der Hand. Das war schlimm, Mutti, so richtig schlimm."

„Das kann ich verstehen, Kind."

„Es muß dieser Drink gewesen sein, Mutti. Der... der ist bestimmt vergiftet."

Frau Schröder erschrak. „Himmel, Ela, wie kannst du so etwas behaupten?"

„Was denn sonst?"

Auch ihre Mutter war ratlos. Sie schaute zu Frau Lindemann, die wie eine Statue auf dem Stuhl saß und ins Leere blickte. „Haben Sie das alles mitbekommen, Frau Lindemann?"

„Ja."

„Wissen Sie auch keine Erklärung?"

Maria Lindemann holte tief Luft. Dabei legte sie die Stirn in Falten und bewegte den Kopf hin und her. Es war nicht klar, ob sie nun nickte oder den Kopf schüttelte.

„Das muß vergiftet worden sein."

„Weiß ich nicht. Ich ... ich habe die Kisten heute erst ausgepackt."
„Und wann haben Sie die bekommen?"
„Vorgestern."
Frau Schröder hob die Schultern. „Da wird sich die Polizei wohl einige Gedanken machen müssen."
Auch Ela hatte den letzten Satz gehört. Klar, die Polizei mußte eingeschaltet werden, aber sie kannte noch zwei Personen, die Augen und Ohren offen halten würden.
Randy Ritter und Turbo!
So rasch wie möglich mußte sie die beiden Freunde vom Schloß-Trio erreichen. Allerdings nicht, wenn ihre Mutter in der Nähe war. Das ging nie gut.
Der Notarzt kam sehr schnell. Es war eine junge Ärztin, die mit zwei Helfern den Laden betrat.
Sie stellte kaum Fragen, untersuchte Alfred und nickte ihren Begleitern zu. „Holt die Trage, bitte."
Ela erschrak am meisten. „Ist es so schlimm?"
„Das kann ich jetzt nicht sagen. Es deutet alles auf eine leichte Vergiftung hin." Sie lächelte Ela zu. „Aber sie ist nicht lebensgefährlich, das kannst du mir glauben."
„Ein Glück."
Frau Schröder ging mit hinaus, als die beiden Helfer Alfred auf die Trage gelegt hatten.
Auch Ela wollte mitgehen, aber Frau Lindemanns Stimme hielt sie zurück. „Bitte, bleib noch einen Moment."
Sie drehte sich um. Frau Lindemann war noch blasser geworden. „Was ist denn mit Ihnen?"
„Ich ... ich möchte dir etwas sagen, weil ich finde, daß du ein Recht darauf hast."
„Gut, Frau Lindemann, reden Sie ..."
Was Ela Schröder in den folgenden beiden Minuten erfuhr, hätte sie nie für möglich gehalten ...
„Ich weiß, weshalb das alles passiert ist, Ela!"
Das Mädchen zuckte zusammen. „Wie ... wie kommen Sie darauf, Frau Lindemann? Das ist ein Witz, wie?"

„Nein, leider nicht. Und es ist einzig und allein meine Schuld, daß es so kam.“ Sie hob den Kopf, als Ela auf sie zuging. Plötzlich fing sie an zu weinen, schniefte, zog die Nase hoch, räusperte sich und holte ein Taschentuch hervor. Mit erstickt klingender Stimme entschuldigte sie sich, während sie die Tränenreste aus den Augenwinkeln tupfte.

Ela konnte nicht hinschauen. Sie wußte nicht, was sie tun sollte. So sah sie sich die Drinks an, die so harmlos auf der Theke standen.

Heftig stieß Frau Schröder die Tür auf. „Ich werde mit zum Krankenhaus fahren, Ela. Von unterwegs rufe ich die Ritters an. Vielleicht muß Alfred der Magen ausgepumpt werden.“

„Ist gut, Mutti. Soll ich hier warten?“

„Ja.“ Sie nickte ihrer Tochter noch einmal zu, dann war sie nicht mehr zu sehen.

Ela drehte sich zu Frau Lindemann um, die aufgestanden war. „Ich hätte es wissen müssen, wirklich. Ich hätte es wissen müssen. Aber das wollte ich nicht glauben. Ich habe immer gedacht, so etwas gibt es nur in den Fernseh-Krimis.“

„Was denn, Frau Lindemann?“

Sie schlug die Hände vors Gesicht. „Das ist . . . das ist einfach unmöglich.“

„Was denn?“

Frau Lindemann überlegte einen Augenblick, dann kam sie auf Ela zu. Eindringlich sah sie dem Mädchen in die Augen. „Bitte, Ela, du mußt mir versprechen, daß du alles für dich behältst. Oder nein, die Polizei wird ja auch erscheinen und es erfahren.“

„Sagen Sie es doch!“

„Ich werde erpreßt!“

Jetzt war es heraus. Ela schwieg. Was sollte sie sagen, mit so etwas hätte sie niemals gerechnet. Es war wie ein Hammerschlag.

„Was . . . was werden Sie, Frau Lindemann?“

„Erpreßt. Ich werde erpreßt. Ich weiß nicht, von wem, aber man will Geld von mir.“

„Wieviel denn?"

„Einhunderttausend Mark!"

„Ohhh!" Erschrocken sah Ela die Frau an.

„Nun?" fragte Frau Lindemann.

Elas Hand sank wieder nach unten. „Ja, ich habe Sie verstanden, Frau Lindemann. Die Erpresser wollen also einhunderttausend Mark von Ihnen. Was passiert denn, wenn Sie nicht zahlen?"

„Dann geschieht das, was du eben gesehen hast, Ela. Man hat mir damit gedroht, Lebensmittel zu vergiften, und es ist keine leere Drohung gewesen. Alfred hat es erwischt."

Ela konnte nur nicken. „Aber zahlen wollen Sie doch nicht, Frau Lindemann?"

„Das kann ich gar nicht. Gut, ich könnte eine Hypothek auf das Haus aufnehmen, aber ich werde den Leuten kein Geld in den Rachen stecken. Eher mache ich meinen Laden dicht."

„Vielleicht wollen die Leute das."

„Daß ich den Laden dichtmache?"

„Ja, kann sein."

„Aber ich bitte dich. Wer sollte denn ein Interesse daran haben, daß ich als Inhaberin eines kleinen Tante-Emma-Geschäfts hier alles dichtmache? Nein, das ist..."

„Und was ist mit den Ketten?"

Frau Lindemann dachte nach, räusperte sich, rieb ihr Kinn und hob plötzlich den Kopf. „Du denkst an die Supermärkte – oder?"

„Eben."

„Moment mal!" flüsterte Frau Lindemann. „Daran könnte sogar etwas sein, finde ich. Mein Haus liegt hier sehr günstig am Ende der Straße. Überlege mal. Wenn die hier bauen wollen, haben sie ein gutes Gelände." Sie winkte ab. „Aber das ist alles Spekulation. Jetzt spinne ich."

„Kaum. Hat man Ihnen noch kein Angebot gemacht, Frau Lindemann?"

„Das schon."

„Wer denn?"

„Über einen Anwalt ging das. Ich habe des öfteren Anfragen bekommen, will aber nicht verkaufen. Auch wegen der Mieter, ich müßte sie rauswerfen. Wahrscheinlich würde alles abgerissen werden."

Ela spürte, wie die detektivische Flamme in ihr aufbrauste. „Wer käme denn dafür in Frage?"

„Du meinst als Käufer?" Maria Lindemann überlegte. „Nun ja, der Name wurde nicht genannt, aber ich denke an die bekannte Supermarkt-Kette Superkauf. Die Läden schießen ja wie Pilze aus dem Boden. Sie sind sehr preiswert, auch wenn sie nicht gerade großen Wert auf Qualität legen. Es gibt keine Bedienung, der Kunde muß sich alles selbst aus den Kartons nehmen..."

„Ja, die Läden kenne ich."

„Aber um Himmels willen, Kind. Rede nicht darüber. Das ist ein Verdacht, mehr nicht."

„Klar, Frau Lindemann. Man hat Sie also erpreßt und Ihnen mitgeteilt, Lebensmittel zu vergiften, wenn Sie nicht zahlen." Ela nahm den zylinderförmigen Drink in die Hand. „Kraft, die Power schafft", las sie den Werbespruch vor. „Von wegen Power, das ist genau das Gegenteil."

„Weißt du nicht, Ela, was ich der Polizei sagen soll, wenn sie mich verhört!"

„Beim besten Willen nicht, Frau Lindemann."

„Nicht die Wahrheit?"

Ela bekam einen roten Kopf. „Natürlich wäre es richtig, wenn Sie die Wahrheit sagen. Klar doch, Frau Lindemann. Ich habe vorhin nicht richtig nachgedacht oder an etwas anderes gedacht."

„Ach so."

Ela wollte noch etwas wissen. „Sind Sie denn die einzige Person, die erpreßt wird?"

„Wie bitte?" Die Frau im weißen Kittel schüttelte den Kopf. „Das begreife ich nicht?"

„Nun ja, Frau Lindemann. Wenn tatsächlich eine Supermarktkette dahintersteckt, dann könnte es doch sein, daß mehrere Geschäftsleute erpreßt werden. Die geben sich mit einem Laden nie zufrieden. Die wollen immer groß ins Geschäft einsteigen."

„Du weißt gut Bescheid."

„Ach, ich lese viel." Ela lächelte. „Und nicht nur Schulbücher, wie Sie sich denken können."

„Das glaube ich dir."

„Mit anderen Geschäftsleuten haben Sie nicht über die Sache gesprochen oder doch?"

„Nein, nie." Frau Lindemann schaute auf die Drinks und verzog das Gesicht. „Ich glaube kaum, daß jemand freiwillig zugibt, daß er erpreßt wird. Würde ich auch nicht. Es war nur ein schwacher Moment, verstehst du?"

„Klar doch. Seien Sie froh, daß Sie es mir erzählt haben."

„Wie meinst du das denn?"

Beinahe hätte Ela eine Antwort gegeben. Im letzten Moment besann sie sich. „Dann ist man den Druck los, finde ich."

Die Frau nickte. „Ja, da könntest du sogar recht haben, Kind. Seltsam, die heutige Jugend ist ganz anders als wir früher."

„Das bleibt nicht aus, Frau Lindemann. Die Zeiten haben sich eben geändert."

„Stimmt."

„Eine Frage noch."

„Ja bitte?" Sie schreckte auf, weil sie mit den Gedanken woanders gewesen war.

„Weiß Ihr Sohn davon?"

„Thomas? Hm – nein, dem habe ich nichts erzählt. Der wäre vor Sorgen eingegangen, glaube ich. Es ist besser so, daß er nichts mitbekommt. Jetzt werde ich ihm freilich etwas sagen müssen."

„Das finde ich auch." Ela ging zum Fenster, da sie ein Geräusch gehört hatte. Als sie hinausschaute, stiegen gerade zwei Männer aus einem Passat. Am Heck des Wagens wippte eine lange Antenne. Es waren sicherlich Polizisten.

„Da kommt die Polizei, ich werde gehen."

„Warum das denn?"

„Wenn die etwas von mir wissen wollen, werden sie zu uns nach Hause kommen."

„Wie du willst, Ela."

„Kopf hoch, Frau Lindemann, das wird sicherlich alles klappen." Sie winkte und huschte durch den Hinterausgang davon. Ihrer Mutter würde Ela schon das Richtige erzählen. Wichtig war jetzt, mit zwei anderen Leuten zu sprechen.

Randy und Turbo!

Denn alles sah so aus, als wären sie mal wieder in einen Superfall hineingeschliddert...

3. Eine Spur und Drohungen

„Und das muß ausgerechnet dir passieren", meinte Randy kopfschüttelnd, rammte seine Hände in die Hosentaschen, durchschritt sein Zimmer und blieb vor dem Fenster stehen.

„Neidisch?"

„Ist er doch immer, Ela!" meldete sich Turbo. Er hockte auf Randys Bett, hatte die Beine ausgestreckt und lehnte mit dem Rücken an der Wand.

„Du hast es nötig", antwortete Randy. „Denk lieber an Alfred, der im Krankenhaus liegt."

„Den werden wir auch besuchen."

„Wann denn?" fragte Ela.

„Heute noch. Kommst du mit?"

„Und ob."

Ela war noch ganz außer Atem. Sie hatte alles berichtet und

auch von dem kurzen Verhör, denn die Schröders hatten Besuch von der Polizei bekommen. Von ihr hatte sie auch erfahren, daß Alfred der Magen ausgepumpt worden war. Sonst ging es ihm schon wieder gut, er wollte raus, aber man wollte ihn noch einige Zeit im Krankenhaus beobachten.

„Wann sollen wir denn fahren?"

„Das entscheidet doch der große Meister", erwiderte Ela und grinste Turbo an.

Randy war damit gemeint. Grinsend drehte er sich um. „Wenn ihr mich schon als den großen Meister akzeptiert..."

„Aber nur in dieser Minute."

„Unterbrich mich nicht, Möpschen."

„Wenn du das noch einmal sagst, kannst du gleich im Krankenhaus bleiben und meinetwegen die Lernschwestern anbaggern. Wird nur schwer werden mit einem Ohr."

„Wieso das denn?"

„Das andere säble ich dir ab."

„Ich zittere jetzt schon."

„Weiter im Text!" verlangte Turbo.

„Sollte Ela wieder vernünftig sein, könnten wir jetzt losdüsen. Ich habe nichts dagegen."

„Ich auch nicht!" rief das Mädchen. „Meine Mutter weiß, daß wir zum Krankenhaus wollen."

„Gut." Turbo stand auf. „Nehmen wir die Räder oder verlassen wir uns auf den Bus."

„Mit den Rädern sind wir beweglicher."

„Einverstanden."

Die drei Freunde verließen Randys Zimmer. Über die breite Treppe gingen sie nach unten in die Halle, wo Herr Ritter stand und telefonierte. Er sah lässig aus in seinem dünnen weißen Pullover und der auberginefarbenen Sommerjeans.

„Ja, Herr Doktor, das geht in Ordnung. Ich werde Herrn Meier dann morgen abholen. Und wenn er sich schlecht benimmt und raus will, schnallen Sie ihn an." Was der Arzt erwiderte, war nicht zu hören, aber Dr. Ritter mußte laut lachen. Dann legte er auf, drehte sich um und sagte nur: „Aha!"

Randy schaute seinen Vater an. Die beiden sahen sich sehr ähnlich, zumal das Gesicht von Dr. Ritter noch jungenhaft wirkte, trotz der ersten grauen Strähnen, die seine Haare färbten. „Warum sagst du das so komisch, Vati?"

„Nun ja." Dr. Ritter hob einen Zeigefinger und bewegte ihn lässig hin und her. „Ich spüre, daß bei euch wieder etwas im Busch ist, was mir gar nicht gefallen will."

„Was denn?"

„Ihr wollt eure Nasen wieder in Dinge stecken, die euch nichts angehen."

„Nein, Herr Ritter", erwiderte Ela. „Das können Sie nicht behaupten. Wir möchten nur Alfred einen Besuch abstatten. So etwas gehört sich einfach. Alfred ist unser Freund."

„Dagegen habe ich auch nichts."

„Dann ist ja alles klar, Vati."

„Nicht ganz, mein Sohn. Ich muß immer daran denken, wie es Alfred erwischt hat. Und das gefällt mir gar nicht. Dieser Drink war vergiftet. Hinter dem Fall steckt meines Wissens mehr als bisher angenommen. Das ist wie mit der berühmten Spitze des Eisbergs. Mehr als zwei Drittel liegen noch unter Wasser."

„Wieso das denn?"

„Jetzt tu nicht so harmlos, Turbo. Wir kennen uns, Freunde. Und wenn ihr diese harmlosen Gesichter aufsetzt, steckt immer mehr dahinter. Das weiß ich inzwischen."

Randy hob einen Arm. „Nur der Besuch im Krankenhaus."

„Da wollt ihr jetzt hin?"

„Ja."

Dr. Ritter ließ sich mit der Antwort Zeit. „Meinetwegen könnt ihr fahren", sagte er schließlich. „Es soll nicht heißen, daß ich euch daran gehindert habe."

„Alles klar, Vati."

„Wann seid ihr wieder zurück?"

„Zum Abendessen."

Randy schlug gegen seine Stirn. „So etwas kann auch nur von Turbo kommen."

„Hast du was dagegen?"
„Nein, nein, schon gut."
„Also dann." Herr Ritter nickte ihnen zu. „Grüßt Alfred von mir und sagt ihm, daß er sich zusammenreißen soll."
„Machen wir doch glatt, Herr Ritter." Ela warf Herrn Dr. Ritter eine Kußhand zu und lief als erste zum Ausgang. „Das wäre geschafft", sagte sie ein wenig atemlos.
Randy verzog den Mund. „Mein alter Herr ahnt etwas, glaube ich."
„Er wäre ja auch dumm, wenn er das nicht täte", erwiderte Turbo prompt.
„Los, wir fahren." Ela hatte es eilig. Sogleich schwangen sich die Freunde auf ihre Räder.
Dr. Ritter beobachtete sie vom Fenster aus. Er war fest davon überzeugt, daß er sich nicht grundlos Sorgen machte. Die heckten wieder etwas aus...

Nach etwas mehr als einer halben Stunde zügiger Fahrt erreichten sie das Krankenhaus. Es war ein seelenloser Klotz, ein Hochhaus, das in einem Grüngürtel lag und aussah wie eine gewaltige, senkrecht stehende Streichholzschachtel.
Sie hatten ihre Räder in Ständer gestellt und gut gesichert. Ela schüttelte sich, als sie auf den Eingang zuschritten.
„Was hast du?"
„Randy Ritter, es gibt viele Dinge, die ich nicht mag. Dich zum Beispiel..."
„Danke..."
„Dann mag ich nicht, wenn sich jemand aufspielt und immer der King sein will, aber Krankenhäuser mag ich am allerwenigsten, die sind mir ebenso zuwider wie Friedhöfe."
„Es gibt aber Leute, die mögen Friedhöfe", meinte Turbo. „Die gehen sogar zu fremden Beerdigungen, nur um anschließend umsonst essen und trinken zu können."
„Du weißt aber gut Bescheid. Gehörst du auch dazu?" Ela schaute den japanischen Jungen von Kopf bis Fuß an. „Na, bei deinem Hunger ist das kein Wunder."

„Schäm dich."

Randy hatte die beiden zurückgelassen. Er stand bereits in der großen Halle, die jenseits der breiten Eingangstür lag und in kaltes Licht getaucht war.

Ein Viertel der Halle wurde durch eine Glaswand abgeteilt. Ein Mann und eine Frau hockten dahinter und beobachteten ein großes Pult, das mit zahlreichen kleinen Lampen und Knöpfen bedeckt war. Eine moderne Telefonanlage gehörte auch dazu.

Durch eine Sprechmembrane in der Glasscheibe konnte Randy mit der Frau sprechen. Sie trug einen weißen Kittel, aber keine steife Haube auf dem Kopf. „Wir möchten gern zu Alfred Meier. Er ist heute morgen eingeliefert worden. Können Sie uns sagen, wo wir ihn finden?"

„Moment." Die Frau drehte sich, schaute auf einen Monitor und tippte den Namen in die Tastatur. Auf dem Bildschirm flimmerte es, Buchstaben erschienen, fügten sich zu einem Namen. Dann erschien die Nummer des Krankenzimmers.

Zum Glück kam kein Hinweis, daß der Patient keinen Besuch empfangen dürfe.

„Ihr müßt in den vierten Stock, Zimmer neununddreißig."

„Danke."

Sie gingen zu den Aufzügen. In der Halle saßen einige Patienten mit ihren Besuchern. Es war kein fröhliches Bild, und Ela bekam eine leichte Gänsehaut. Im Lift fuhren sie zusammen mit zwei alten Frauen hoch, die ununterbrochen über ihre Krankheiten sprachen. Die beiden fuhren noch weiter und bemerkten kaum, daß die Freunde den Lift verließen.

Der breite Gang wirkte leer. Außerdem roch es komisch. Links von ihnen hörte er auf. Dort stand ein Tisch zusammen mit einigen Stühlen. Drei Männer in Morgenmänteln saßen dort und spielten Karten. Andere schauten ihnen über die Schultern zu.

„Wir müssen in die andere Richtung." Ela wies nach vorn. Durch eine Glastür gelangten sie in den Bereich, wo Alfred liegen mußte.

Aber von liegen konnte keine Rede sein.

Er stand im Gang neben einer Krankenschwester, die kicherte, weil er ihr wohl einen Witz erzählt hatte. Alfred trug einen dunklen Bademantel, der ihm zu kurz war.

Die drei Freunde sah er erst, als Ela sich räusperte. Er schreckte regelrecht zusammen. „Ihr seid es."

„Stören wir?" fragte Ela kokett.

„Nein, überhaupt nicht."

Die Schwester, ein junges Mädchen mit brandroten Haaren, lief, noch immer lachend, davon.

„Hast du ihr einen Witz erzählt?"

„Immer, Randy." Alfred reichte den Freunden die Hand. „Ich freue mich, daß ihr gekommen seid."

Ela schaute sich um. „Können wir irgendwo hingehen, Alfred? Hier gefällt es mir nicht."

„Mir auch nicht. Wartet." Er verschwand in einem Zimmer, und Minuten später war er wieder da. Den Bademantel hatte er zurückgelassen. Jetzt trug er normale Straßenkleidung.

Turbo mußte lachen. „Sieht aus, als wolltest du verschwinden, Alfred."

„Bis morgen halte ich es noch aus, dann geht die Post aber ab. Kommt mit." Er ging auf den Aufzug zu. „Wir fahren in die Cafeteria. Da können wir dann reden."

„Du siehst aber noch käsig aus!" stellte Ela fest.

„Hat man dir schon mal den Magen ausgepumpt?"

„Nein."

„Dann schluck mal den Schlauch."

„Danke, verzichte." Ela schluckte schon und tastete dabei ein paarmal ihren Hals ab.

In der Cafeteria waren noch Tische frei. Auf jedem stand eine Vase mit Blumen, von denen die meisten schon verwelkt waren. Unter der Decke zog träger Zigarettenqualm entlang.

„Ich gebe einen aus", sagte Alfred und ging zur Theke.

„Aber keinen Sahnedrink", rief Ela.

„Wir kriegen auch so Power!" meinte Alfred.

Er brachte Limo. Auch für sich. „So, Freunde, und jetzt erzählt mal, was los war."

„Nichts", antwortete Randy. Er deutete auf Ela. „Sie ist diejenige, die mehr weiß."

Alfred staunte: „Tatsächlich?"

Ela wurde rot und rutschte unbehaglich auf der blanken Sitzfläche hin und her. „So schlimm ist das nicht."

„Doch, doch", widersprach Randy. „Frau Lindemann hat dir einiges gesagt."

„Bitte, Ela."

Sie trank noch einen Schluck, dann berichtete sie mit leiser Stimme, damit an den anderen Tischen niemand etwas mitbekam. Sie unterstrich ihre Worte durch Gesten und bemühte sich, jede Einzelheit zu berichten.

„Jetzt wißt ihr alles."

„In der Tat", murmelte Alfred. „Da steckt also eine Erpressung dahinter. Das hätte ich nicht gedacht. Vergiftete Drinks sind kein Kinderspiel."

„Das meine ich auch." Randy nickte. „Wir können auch davon ausgehen, daß Frau Lindemann nicht die einzige Geschäftsfrau ist, die erpreßt wird. Da ist was im Busch."

Alfred lehnte sich zurück. „Eine große Sache." Er schob sein Glas Turbo zu. „Hier, trink du. Die Kohlensäure ist nichts für mich."

„Ja, danke."

„Bestimmt eine große Sache." Ela nickte. „Vielleicht diese Kette mit dem Namen Superkauf."

„Das ist ein schwerwiegender Verdacht."

„Auch aus der Luft gegriffen?"

„Ich weiß es nicht."

„Alfred", sagte Randy. „Man liest doch immer wieder, daß die kleinen Läden kaputt gehen. Ich verstehe nichts von Konkurrenzkämpfen, kann mir aber vorstellen, daß die immer härter werden."

„Da magst du recht haben."

„Die Frage ist nur, wie kommen wir den Tätern auf die Spur."

„Ha, ha." Alfred lachte. „Das habe ich mir doch gedacht. Ihr wollt euch mal wieder die Finger verbrennen."

„Nicht doch. Wir müssen Frau Lindemann helfen."

„Ist das nicht Sache der Polizei?"

„Auch", gab Randy zu. „Wir können sie ja dabei unterstützen, finden wir."

„Was sagen die Eltern?"

„Laß uns beim Thema bleiben", erwiderte Randy und schaute zur Decke hinauf.

Turbo schob sein Glas zur Seite. Es war mittlerweile leer. „Du kannst dir nicht vorstellen, wer dahintersteckt."

„Nein. Ich habe das Zeug nur getrunken. Das war wie ein Hammerschlag. Auf einmal wurden meine Knie weich. Ich konnte mich nicht mehr auf den Beinen halten. Dann lag ich flach."

„Die Drinks waren ausgetauscht", meinte Turbo. „Das muß in der Nacht geschehen sein."

„Aber wer?"

„Keine Ahnung, Ela."

Hinter der Verkaufstheke nahm die Bedienung das Telefon ab. Randy und Turbo sahen, wie sie in den Hörer sprach, diesen dann auf die Theke legte und sich umsah. Alle zuckten zusammen, als die Frau durch den Raum rief: „Ist hier eine Michaela Schröder?"

„Ja!" antwortete Turbo laut.

„Du doch nicht!" zischte Randy.

Ela war blaß geworden. Sie stand auf. „Wer will mich denn sprechen?"

„Deine Mutter."

„Weiß nicht, Randy."

„Geh hin."

„Ja, ja, nur keine Hektik." Sie lief trotzdem schnell hinter die Theke, wo ihr die Frau den Hörer in die Hand drückte.

Die Zurückgebliebenen blieben stumm. Sie beobachteten Ela, die ihnen das Profil zuwandte und den Hörer verkrampft hielt. Ein erfreulicher Anruf war es wohl nicht, sonst wäre sie nicht noch blasser geworden.

„Ich denke, das gibt Ärger", meinte Randy.

„Von den Eltern?"

„Falls sie es sind, Alfred."

Ela legte auf. Sie tat dies mit sehr langsamen Bewegungen, als würde sie gleichzeitig über den Anruf nachdenken. Gedankenversunken kehrte sie zum Tisch zurück.

Randy stand auf. „Was hast du denn? Was ist?"

Bevor sie antwortete, setzte sich Ela erst hin. „Das waren nicht meine Eltern", murmelte sie. „Es war ein Fremder, ein Mann..."

„Na und?"

„Er hat mich gewarnt, Randy. Er sagte, daß wir alle die Finger von diesem Fall lassen sollten. Wenn wir unsere neugierigen Nasen wieder hineinstecken, würden wir ebenfalls vergiftet. Aber so, daß wir nie mehr wieder aufstehen..."

Stille!

Keiner konnte etwas sagen. Selbst Alfred, der einiges gewohnt war, zeigte sich geschockt.

Turbo fand als erster die Sprache wieder. Er ballte die Hand zur Faust und schlug damit auf den Tisch, daß die Gläser tanzten. „Dieser gemeine Hundesohn!" flüsterte er.

Ela hob die Schultern.

„Hast du die Stimme erkannt?" fragte Alfred.

„Nein", erwiderte das Mädchen tonlos.

„Sie kam dir auch nicht irgendwie bekannt vor?“

„Da kannst du bohren, soviel du willst, Alfred. Es war nichts, wirklich nicht. Ich bin völlig überrascht worden. Ich habe die Stimme noch nie zuvor gehört –“ Sie atmete tief ein und schnaufend wieder aus. „Es ist, als würde man dir den Boden unter den Füßen wegziehen. Auf einmal schwebte ich im Vakuum.“

„Das kann ich dir nachfühlen, Ela.“

Turbo nickte in die Runde. „Jedenfalls wissen die anderen verflixt gut Bescheid. Sie scheinen über uns informiert zu sein. Ich frage mich: wie sie das machen?“

„Keine Ahnung“, murmelte Randy.

Alfred wollte wissen, ob die Freunde auf der Fahrt zum Krankenhaus beobachtet worden waren.

„Wir haben nichts gesehen“, erklärte Turbo.

„Dennoch weiß man Bescheid. Man hat euch gedroht. Die Unbekannten werden nervös.“

„Meinst du?“

„Aber immer.“

Ela Schröder schaute sich scheu um. „Ob die auch hier ihre Spitzel sitzen haben?“

„Weiß ich nicht.“ Alfred räusperte sich. „Wenn das so wäre, würde auch ich unter Beobachtung stehen.“

„Kann doch sein.“

„Und was hätte das für einen Sinn?“

Randy hob die Schultern. „Wenn die über uns Bescheid wissen, sind sie auch über dich informiert. Das meine ich damit. Und du bist ebenfalls nicht ohne.“

„Nun mal langsam, Freunde, ich . . .“

„Doch, doch Alfred. Die haben sich bestimmt genau erkundigt, wie alles so läuft.“

„Und was wollt ihr tun?“

„Der Mann hat mir gedroht. Er hat genau gewußt, daß ich dabei gewesen bin.“ Ela bekam eine Gänsehaut. „Ich habe richtig Angst bekommen.“

„Kann ich verstehen.“ Alfred streichelte ihre Hand.

„Wir könnten auf dem Rückweg bei Frau Lindemann vorbeifahren", schlug Randy vor. „Die Zeit müssen wir uns nehmen. Vielleicht kann sie uns einen Tip geben."

Turbo wunderte sich. „Willst du sie einweihen?"

„Das hat sie Ela doch auch."

„Ich weiß nicht, Randy. Je mehr Leute davon wissen, um so schlechter ist es."

„Ja, das stimmt."

„Was sollen wir denn sonst tun?" rief Ela. „Durch die Gegend fahren und jeden kleinen Lebensmittelladen abklappern, um dort zu fragen, ob die Besitzer erpreßt werden?"

„Das geht auch nicht", sagte Alfred.

„Eben."

„Bleibt Frau Lindemann", faßte Randy zusammen. „Es ist doch möglich, daß sich die Erpresser mit ihr in Verbindung gesetzt haben, um ihrer Forderung Nachdruck zu verleihen."

„Das könnte sein", gab auch Alfred zu.

„Wer ist dagegen?" fragte Randy.

Keiner war es.

„Okay, dann wollen wir fahren." Er stand auf und drückte die Knie durch, die vom langen Sitzen steif geworden waren.

Auch Alfred erhob sich. „Und ich hänge hier fest", beschwerte er sich. „Mal sehen, ob ich nicht doch rauskomme. Heute ist zwar Samstag, aber ich habe gehört, daß der Oberarzt noch da ist."

„Sogar langer Samstag", sagte Ela. „Da läßt Frau Lindemann den Laden normalerweise offen."

Turbo grinste. „Besser kann es nicht laufen."

Alfred ging noch mit bis in die Halle, die sich inzwischen stärker gefüllt hatte. Natürlich schauten die Freunde nach bekannten Gesichtern aus. Niemand fiel ihnen auf.

Der Reihe nach gab Alfred ihnen die Hand. „Macht's gut, seid vorsichtig. Die Leute verstehen keinen Spaß."

„Versprochen."

Er schaute ihnen nach, wie sie durch die Tür schritten und auf dem Absatz stehenblieben, um sich zu beraten.

„Mir ist ganz komisch“, sagte Ela.

„Kann ich mir denken.“

Sie faßte nach Randys Arm. „Hast du denn keine Ahnung, wer dahinterstecken könnte?“

„Nein.“ Sie machten Platz, um einen Mann im Rollstuhl vorbeizulassen. „Jedenfalls wußte der Fremde, daß du dich im Laden aufgehalten hast. Du und deine Mutter.“

„Ja.“ Ela bekam große Augen. „Mein Gott, hoffentlich haben die nicht bei uns zu Hause angerufen.“

„In der Halle steht ein Telefon.“ Turbo nickte in Richtung Tür. „Geh und frag nach.“

„Das mache ich auch.“

Die Jungen blieben allein zurück. „Ausgerechnet Ela haben sie sich ausgesucht“, sagte Randy.

„Fragt sich nur, wer sie im Laden gesehen hat.“ Turbo hob die Schultern. „Es kann durchaus sein, daß es eine Person ist, die uns kennt. Was nicht heißen muß, daß auch wir sie kennen.“

„Stimmt.“

Ela kehrte zurück. In ihrem Gesicht zeichnete sich Erleichterung ab. „Es hat bei uns keiner angerufen, sagt meine Mutter. Ich habe ihr erzählt, daß wir zum Krankenhaus gefahren sind.“

„Gut.“

„Komm endlich. Ich will zu Frau Lindemann.“ Ela lief voraus zu den Rädern.

Mittlerweile standen doppelt so viele Räder in den Haltern. Es kamen zahlreiche Besucher mit dem Rad.

Doch nur bei drei Rädern war eine Veränderung festzustellen. Und zwar auf den Gepäckträgern.

Dort standen, von je einem Halter eingeklemmt, drei Becher mit der Aufschrift „Sahnedrink“. Die Freunde hatten das Gefühl, als würde sie jeder einzelne Buchstabe angrinsen ...

„Das darf doch nicht wahr sein!“ flüsterte Ela. „Hier auch. Ich drehe bald durch.“

Randy und Turbo schauten sich um. Sie rechneten damit,

daß jemand sie beobachtete. Es war niemand zu sehen. Auf den Wegen innerhalb der Grünfläche lief der normale Betrieb ab.

„Es macht immer wieder Freude, wenn man so verwöhnt wird“, meinte Turbo.

„Ich kann mir andere Freuden vorstellen“, erwiderte Ela und fragte dann, was mit dem Zeug geschehen sollte.

Auskippen kam nicht in Frage. Zur Polizei wollten sie damit auch nicht gehen. Den richtigen Einfall hatte Turbo. „Ich bringe die Dinger zu Alfred. Der kann sie nach seiner Entlassung in ein Labor geben. Ob sie heute oder morgen untersucht werden, spielt das eine Rolle?"

„Recht hast du." Randy half dabei, die Becher von den Klammern der Gepäckträger zu lösen.

„Ich bin gleich wieder zurück."

Turbo ging, verfolgt von den Blicken der beiden Zurückgebliebenen. „Irgendwie kommt mir das noch immer vor wie ein schlechter Scherz", sagte Ela. „Da geht man nichtsahnend einkaufen und schliddert in einen Erpresser- und Vergiftungsfall hinein. Gift im Tante-Emma-Laden. Das ist wirklich ein Hammer."

„Niemand widerspricht dir."

„Kannst du dir vorstellen, Randy, daß dahinter eine große Organisation steckt? Die haben Frau Lindemann richtig fertig gemacht. Druck ausgeübt. Und die werden nicht aufgeben, kann ich dir sagen. Das geht weiter. Die wollen ans Ziel."

„Wenn sie schlau ist, arbeitet sie mit der Polizei zusammen."

„Hoffentlich." Ela schaute auf die Uhr. „Turbo bleibt aber lange weg, finde ich."

„Vielleicht will Alfred die Becher auch nicht."

„Becher, wenn ich das schon höre. Das sind Altlasten. Wenn, dann soll das Zeug im Glas serviert werden. Wir kaufen Joghurt nur in Gläsern, genau wie ihr."

„Das sowieso."

Am Himmel war die Sonne verschwunden. Graue, dünne Wolken hingen über der Stadt. Dann erschien Turbo.

„Na, was hat er gesagt?"

Der Junge blieb vor Ela stehen. „Begeistert war er nicht. Er wollte die Becher sofort der Polizei übergeben. Ich habe dann lange geredet, jetzt verwahrt er sie bis zur Entlassung morgen."

„Gut, dann fahren wir jetzt."

Keiner hatte etwas dagegen. Sie schwangen sich in die Sättel, um dem neuen Ziel entgegenzuradeln.

Frau Lindemanns Tante-Emma-Laden!

4. Eine böse Überraschung

Die meisten Menschen zog es an einem verkaufsoffenen Samstag in die Ladenpassagen der Innenstädte, deshalb war es in dem kleinen Vorort auch verhältnismäßig ruhig, als die Freunde ihn erreichten und über die Hauptstraße fuhren.

Dort hatten Geschäfte ebenfalls noch geöffnet. Vor den Schaufenstern standen die fahrbaren Ständer mit den Waren. Zumeist vollgepackt mit Kleidern, Röcken oder Hosen.

An einem Supermarkt kamen sie auch vorbei. Er gehörte allerdings nicht der Kette an, die sie in Verdacht hatten.

„Hoffentlich fühlt sie sich nicht gestört“, sagte Ela, die halb neben Randy fuhr.

„Mehr als rauswerfen kann sie uns nicht.“

Turbo hatte die Unterhaltung mitbekommen. „Ich glaube nicht, daß sie den Laden noch geöffnet hat. So etwas hält keiner durch. Wißt ihr denn überhaupt, wo sie wohnt?“

„Über dem Geschäft in der ersten Etage.“

„Wir könnten auch vorher anrufen.“

„Nein!“ entschied Randy und bog von der Straße ab. „Jetzt ist es gerade noch eine Minute. Die können wir auch noch durchhalten.“

„Ich gehe vor“, sagte Ela.

„Wie du willst.“

Das Geschäft war tatsächlich geschlossen. Sie radelten daran vorbei und stellten ihre Räder an der Rückseite auf dem Parkplatz für die Autos ab. Das war das Gelände, das gewisse Dunkelmänner aufkaufen wollten.

„Wir müssen wieder nach vorn“, erklärte Ela. „Der Hauseingang befindet sich neben dem Laden.“

Ausgerechnet jetzt wurden sie angesprochen. Ein Junge aus Randys Klasse kam vorbei, im Schlepptau ein Mädchen, das Ela vom Sehen kannte. Normalerweise hatte sie blonde Haare und nicht wie jetzt grün gefärbte.

„He, was macht ihr denn hier?“

„Nichts.“

„Tote Hose, wie?"
„Noch toter", sagte Randy.
„Wir gehen in die Altstadt. Da ist heute ein Fest."
„Viel Spaß."
„Treffen wir uns?" fragte das Mädchen.
Ela antwortete. „Mal sehen."
Die beiden gingen weiter. Diesmal Hand in Hand. „Daß die zusammengehen, hätte ich auch nicht gedacht", flüsterte Ela.
„Wieso?" fragte Turbo.
„Ist egal."
Bevor sie die Nische mit der Haustür betraten, schauten sie noch einmal in das Schaufenster und in den Laden hinein, wo alles ruhig war. Niemand stand mehr hinter der Verkaufstheke und wartete auf Kunden.
Obwohl das Haus schon älter war, hatte Frau Lindemann nicht gespart und es mit einer Gegensprechanlage ausgerüstet. Sie befand sich neben dem Klingelbrett.
Im Erdgeschoß wohnte niemand. Die Reihe der Namen fing in der ersten Etage an.
Ela kamen Bedenken. „Soll ich?"
„Ja, mach schon."
Sie drückte auf den Klingelknopf, zog den Finger wieder zurück, atmete hörbar durch die Nase ein und wartete, wobei sie einige Male die Augen verdrehte.
Randy wollte schon einen Nachschlag im Klingeln geben, als sich Frau Lindemann meldete. Ihre Stimme klang durch die Sprechanlage ein wenig verfremdet.
„Ja, wer ist da bitte?"
„Ich – Ela Schröder!"
Pause, Sekunden der Überraschung. „Du, Ela?"
„Ja, Frau Lindemann."
„Was möchtest du denn?"
Ela wiegte den Kopf, der Stimmenklang schien ihr nicht zu gefallen. „Mit Ihnen sprechen, wenn Sie gestatten. Meine Freunde Randy und Turbo sind auch mitgekommen."

„Dann seid ihr zu dritt."

„Ja", gab Ela zu, und ihre Antwort hörte sich ein wenig kleinlaut an.

„Na gut, kommt hoch. Aber viel Zeit habe ich nicht. Ich... ich muß etwas erledigen."

„Wir bleiben auch nicht lange."

Der Türsummer erklang, Ela drückte auf, sie betraten den etwas dunklen, aber sehr sauberen Flur. Die breite Treppe war mit einem Holzgeländer gesichert, das glänzte, als wäre es frisch poliert worden.

„Habt ihr die letzten Worte der Frau gehört?" flüsterte Turbo.

„Ja, was ist damit?"

„Ich weiß nicht, aber mir kamen sie bedrückt vor, Randy. Als hätte Frau Lindemann ein Problem."

„Darauf kannst du dich verlassen."

„So meine ich das nicht. Ich denke da eher an ein neues Problem, wenn ihr versteht."

„Tatsächlich?"

„Wir können sie ja fragen", sagte Ela. „Aber jetzt seid ruhig."

Maria Lindemann erwartete sie an der Wohnungstür. Zaghaft lächelnd schaute sie der Gruppe entgegen. Sie kannte natürlich alle und bat sie in die Wohnung.

Vom Flur zweigten mehrere Räume ab. „Sind Sie allein, Frau Lindemann?" fragte Ela.

„Ja, mein Sohn ist nicht da. Er hat einen Termin wahrzunehmen, der schon lange feststand."

„Weiß er denn Bescheid?"

„Kommt erst mal rein."

Frau Lindemann führte die Freunde in das geräumige Wohnzimmer, das noch recht altmodisch eingerichtet war, mit einer Schrankwand aus Eiche und einer Sitzgruppe mit dicken Polstern. Ein ovaler Tisch mit einer Marmorplatte stand in der Mitte des Raumes, dazu zwei Stühle, und ein dritter stand vor einem Schreibtisch, auf dem zahlreiche Papiere lagen.

Frau Lindemann trug eine grüne Bluse und einen weiten Rock. Ohne Kittel sah sie für die Freunde fast fremd aus.

Unschlüssig standen die drei herum. „Setzt euch doch erst einmal hin. Was kann ich euch zu trinken bringen?"

„Danke, eigentlich nichts", meinte Ela verlegen.

„Und auch keinen Sahnedrink", konnte Turbo sich nicht verkneifen zu sagen.

Dafür fing er sich von Randy einen Rippenstoß ein. Etwas scheu nahmen sie auf der Couch Platz.

Frau Lindemann besorgte Saft und auch Streuselkuchen, den sie gebacken hatte. Da war Turbo der erste, der wieder mal zugriff.

„Es ist nett, daß ihr mich besucht."

Ela hob die Schultern. „Nach dem, was vorgefallen ist."

„Kann ich mir denken, Kind. Ihr wollt bestimmt wissen, was die Polizei herausgefunden hat?"

„Steht das Ergebnis schon fest?" fragte Randy.

„Und ob."

„Sagen Sie es uns doch bitte!" Turbo kaute beim Sprechen und nahm einen Schluck Saft.

Frau Lindemann holte aus der Rocktasche einen Zettel und faltete ihn auseinander. „Den lateinischen Namen des Gifts habe ich vergessen, aber es gibt auch einen deutschen."

„Und welchen?"

„Etwas verballhornt, finde ich, aber er trifft den Nagel genau auf den Kopf. Der Umhauer!"

„Hä?" Ela zuckte zusammen.

„Kenne ich nicht", sagte Turbo.

„Ich auch nicht!", meinte Randy.

Frau Lindemann nickte. „Es ist jedenfalls ein nicht eben ungefährliches Gift", erklärte sie. „In größeren Mengen eingenommen, ist es sogar tödlich. Stellt euch mal vor, wenn sich der Täter in der Dosis geirrt hätte. Nicht auszudenken, was mit Alfred passiert wäre. Ich . . . ich wäre meines Lebens nicht mehr froh geworden. Selbst die Polizisten sind blaß geworden."

„Das glaube ich", flüsterte Ela. „Eine andere Frage, Frau

Lindemann. Haben Sie der Polizei von den Erpresserbriefen berichtet?“

Die Frau lehnte sich zurück, räusperte sich und dachte kurz nach. „Nein, das habe ich nicht getan, meine Freunde. Ich hielt es einfach nicht für gut.“

„Warum nicht?“

„Weil ich zu einem anderen Entschluß gekommen bin, und ich glaube, dabei richtig zu handeln.“

Elas Neugierde war nicht zu bremsen. „Wozu haben Sie sich denn entschlossen, Frau Lindemann?“

„Das will ich euch sagen. Ich bin soweit, daß ich mich mit den Leuten arrangiere.“ Die Antwort war der Frau schwer gefallen. Sie konnte kaum reden, weil da ein dicker Kloß in ihrem Hals steckte. Auch die Augen wurden feucht.

„Dann haben die Typen sich gemeldet?“ fragte Randy.

„Ja, sie riefen an.“

„Und weiter?“

„Ich werde mich mit ihnen treffen. Ich habe mich entschlossen, zu verkaufen.“ Bevor die Freunde einen Kommentar geben konnten, sprach Frau Lindemann weiter. „Es hat keinen Sinn, daß ich dagegen angehe. Sie haben mir erklärt, daß sie sehr langsam begonnen haben, sich aber steigern könnten, wenn ihr versteht.“

„Inzwischen ja“, flüsterte Randy.

Sie drehte sich im Sessel. „Wenn ihr zum Schreibtisch schaut, könnt ihr die Unterlagen sehen, die dort liegen. Ich habe schon alles zusammengesucht, was wichtig ist.“

Die Freunde blickten zum Schreibtisch.

„Wenn das so ist“, murmelte Randy.

„Ich mußte so handeln“, erklärte Frau Lindemann und tippte mit dem Zeigefinger gegen ihre Brust. „Ich kann einfach mein Gewissen nicht übergehen. Was nutzt mir Hab und Gut, wenn Menschen zu Schaden kommen. Die meinen es sehr ernst.“

„Wer ist denn die?“ fragte Turbo.

„Eine Gesellschaft.“

„Nicht die Superkauf-Kette?"
„Das weiß ich nicht."
„Dann wissen Sie auch nicht, ob es anderen Geschäftsinhabern ebenso ergangen ist wie Ihnen?"
„Nein, Randy. Ehrlich gesagt, ich will es auch nicht wissen." Sie lächelte etwas traurig. „Eigentlich mache ich mir jetzt schon Vorwürfe, daß ich euch eingeweiht habe. Nun ja, wir kennen uns, und Ela war ja dabei."
Da sie angesprochen wurde, stellte sie die nächste Frage. „Die Polizei hat keinen Tip bekommen?"
„Nein."
„Sie ziehen das allein durch, Frau Lindemann? Ohne die Hilfe eines anderen?"
„So ist es. Es weiß nicht einmal Thomas etwas davon. Natürlich war er geschockt, als er erfuhr, was hier passiert ist, aber ich habe ihn nicht eingeweiht. Außerdem wird er froh sein, wenn er die Doppelbelastung los ist. Er lebt ja nicht von den Einkünften aus meinem Laden, der Junge geht einem Beruf nach. Aber morgens muß er oft zum Großmarkt fahren und das frische Gemüse holen."
„Wann treffen Sie die anderen denn?" wollte Randy wissen.
„Heute noch."
„Und wo?"
Da lächelte Frau Lindemann und sagte mit leiser Stimme: „Ich mag euch alle gut leiden, Kinder, aber den Treffpunkt werde ich euch nicht verraten. Es ist besser so, glaubt mir. Wenn alles vorbei ist, können wir uns wieder zusammensetzen."
„Verkaufen Sie auch das Grundstück nebenan?" fragte Turbo.
„Alles."
„Und die Mieter?"
Frau Lindemann hob die Schultern. „Das ist mein größtes Problem, glaubt mir. Ich weiß nicht, wie ich es ihnen sagen soll. Ich warte den heutigen Tag ab und auch den Vorvertrag."
„Dann muß das noch besiegelt werden?"

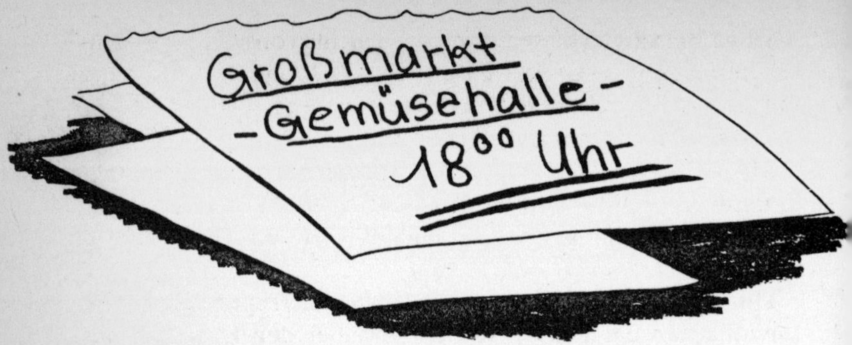

„Richtig, Ela. Wir werden bei unserem heutigen Treffen erst einen Vorvertrag schließen."

„Tja", sagte Randy. „Das war mal eine böse Überraschung. Wir dachten, es würde sich alles aufklären."

„Später unter Umständen schon, jetzt leider nicht."

Jeder wollte noch etwas sagen, nur bekam keiner die Kurve. Die Freunde fühlten sich plötzlich überflüssig, und auch Frau Lindemann zeigte keinerlei Anstalten, das Gespräch weiterzuführen.

„Möchtet ihr noch etwas trinken . . .?"

„Nein, danke." Ela sprach für alle. „Wir müssen auch gehen. Es wird wirklich Zeit."

Wirkte Frau Lindemann erleichtert, oder bildeten sie sich das nur ein? Wahrscheinlich nicht.

Sie standen auf. Auch Frau Lindemann erhob sich. Ihr dürft mir dann die Daumen drücken", bat sie leise. „Ich hoffe, daß ich... daß ich...", sie schluckte. „Na ja, ihr wißt schon. Es muß einfach alles in die Reihe kommen."

Sie hatte mehr zu Ela gesprochen. Turbo und Randy waren bereits zur Tür gegangen. Zwangsläufig mußten sie den Schreibtisch passieren, wo die Unterlagen ausgebreitet waren.

Randy Ritter fiel ein von einem Notizblock abgerissener Zettel nur deshalb auf, weil die Nachricht darauf mit einem dicken Filzstift geschrieben worden war.

Großmarkt – Gemüsehalle – 18.00 Uhr

Er mußte an sich halten, um Turbo nichts von seiner Überraschung zu zeigen. Locker ging er bis zur Wohnungstür, wo er mit seinem Freund auf Ela wartete.

„Sollen wir Sie morgen noch einmal besuchen?“

„Ja, Ela, das könnt ihr.“ Frau Lindemann lächelte verkrampft. Sie fühlte sich überhaupt nicht wohl in ihrer Haut. Kein Wunder bei den Dingen, die hinter ihr und auch noch vor ihr lagen.

Hintereinander schritten die Freunde die Treppe hinab. Die Innenflächen der Hände quietschten über den Handlauf des Geländers. Vor dem Haus atmeten sie tief durch.

„Nun“, meinte Ela mit traurig klingender Stimme. „Das war wohl ein Schuß in den Ofen.“

Turbo nickte dazu.

„Meint ihr?“ fragte Randy.

„Wieso? Bist du anderer Meinung?“

Er lächelte Ela an. „Kann sein.“

„Mal raus mit der Sprache, Randolph Ritter! Was weißt du, was wir nicht wissen?“

„Großmarkt, Gemüsehalle, achtzehn Uhr!“

„Hä?“

„Soll ich es wiederholen?“

„Nein.“ Ela wandte sich an Turbo. „Kannst du dir darunter etwas vorstellen?“

„Nun ja. Ich heiße zwar Toshikiara, was einigermaßen kompliziert ist, aber Randys Rätsel scheint schwieriger zu sein.“

„Das meine ich auch.“

„Gar nicht“, antwortete Randy. „Was ich euch sagte, stand auf einem Zettel, den Frau Lindemann beschriftet hat. Sie wird sich auf dem Großmarkt mit jemandem in der Gemüsehalle treffen, und zwar um achtzehn Uhr. Das ist alles.“ Er tippte gegen seine Stirn. „Einfach, nicht?“

„Und ob“, flüsterte Turbo. „Man muß nur darauf kommen.“

Ela schaute beide Jungen an. „Was machen wir da? Haben wir noch Zeit, um zum Großmarkt zu fahren?“

Randy grinste. „Zeit schon. Ich weiß nur nicht, was unsere lieben Erziehungsberechtigten dazu sagen werden?“

„Müssen sie das denn erfahren?“ Ela lächelte spitzbübisch und legte den Kopf schief.

„Von mir nicht.“

„Und von mir auch nicht“, gab Turbo seinen Senf dazu.

Ela nickte. „Alles klar. Aber eines sage ich euch. Mit dem Rad schaffen wir das nicht.“

„Hoch leben Bus und Bahn“, sagte Randy, bevor er als erster den Weg zur nächsten Haltestelle einschlug...

5. Zieges Alleingang

Glatt, glatter, am glattesten!

So hatte Erwin Ziegenbein es am liebsten. Keine Schwierigkeiten, jeder Job sollte wie die erste Sahne ablaufen. Aber es gab auch Tage, wo der Teufel drinsteckte. Und dieses Pech hatten er und sein Kumpan erwischt. Als der „Trenchcoat“ anrief, hatte Ziege geschlafen. Paule Maurer saß vor der Glotze und zog sich einen Video-Film rein, wobei er rohe Nudeln und getrocknete Erbsen kaute. Eine Vorliebe, die aus seiner Jugend stammte.

Paule stellte nach dem vierten Klingeln den Film ab, Ziege schlief weiter, und so blieb Maurer nichts anderes übrig, als den Hörer abzuheben. Zwischen dem Knacken der Muschelnudeln nuschelte er seinen Namen.

„Ich bin es!“

„Du – Chef!“

„Ja.“

„Ärger?“

„Leider.“

„Aber wir haben doch nicht...“ Paule war plötzlich hellwach und dachte nicht mehr an seinen Film.

„Nein, ihr habt gut gearbeitet. Es ist nur etwas schiefgelaufen. Die falsche Person hat das Zeug getrunken.“

„Wieso?“

„Frag nicht so dumm, wir müssen etwas unternehmen. Das heißt, ihr müßt es.“

„Und was?“

„Das werde ich dir gleich sagen. Da geht es zunächst einmal um den Kerl, der das Zeug probiert hat. Der liegt jetzt im Krankenhaus. Er wäre auch kein Problem, gäbe es da nicht drei neugierige Rotznasen, die es nicht lassen können, Detektiv zu spielen. Die müßt ihr unter Kontrolle halten und sie beobachten.“

Die Nudeln kamen ihm hoch. Paule mußte aufstoßen. „Was für Rotznasen, Chef?“

„Jugendliche.“

„Ach so.“

„Nicht so vorschnell, Paule. Die sind nicht einfach zu nehmen, das weiß ich genau. Sie sind in der Gegend bekannt dafür, daß sie ihre Nasen stets in Dinge hineinstecken, die sie nichts angehen. Deshalb müßt ihr ihnen auf die Finger sehen. Ich beschreibe sie euch und sage euch ihre Namen. Zum Glück seid ihr ihnen nicht bekannt.“

„Gut, Chef.“

In den nächsten beiden Minuten bekam Paule die Informationen, die er benötigte.

Er war so schlau, alles mitzuschreiben. Anschließend ging der Chef das ganze noch einmal durch.

„Sollen wir sie zu zweit beobachten?“

„Nein, es reicht einer von euch.“

„Paule dachte, wer zuerst kommt, mahlt zuerst. Ziege

schnarchte. Er, Paule, würde folglich den Job kriegen. „Ist gut, Chef. Was fällt für uns ab."

„Einen Satz heißer Ohren, du Penner. Über Geld werden wir später reden. Kapiert?"

„Schon gut, Chef. Auf dem Großmarkt sind wir aber wieder zu zweit. Da bleibt alles wie besprochen?"

„Natürlich."

„Bis dann, Chef. Wo kann ich dich erreichen?"

„Erst am Abend."

„Gut, wir schaukeln die Sache." Paule legte auf und holte die letzten Nudeln aus der Hosentasche. Wenn er ehrlich war, paßte ihm der neue Job überhaupt nicht. Aber der Chef hatte das Sagen, und bisher waren sie beide finanziell gut dabei gefahren. Es herrschte keine Ebbe mehr in den Geldbörsen. Genug Nudeln und Erbsen konnte er sich auch kaufen.

Ziege lag auf dem Rücken. Der Mund stand offen. Er schnarchte überlaut. Seine dünnen Barthaare bewegten sich dabei, als würden sie von einem Windstoß bewegt.

Paules breiter Mund verzog sich, als er Ziege mit seiner flachen Hand auf die Brust schlug. Sofort war Erwin wach.

„Ha!" rief er krächzend und schnellte hoch. Er blieb sitzen und schaute dumm aus der Wäsche.

„Jetzt könnte man dich Kuh nennen."

„Wieso?" Erwin rieb seine Augen.

„Weil du so dämlich geglotzt hast."

„Leck mich..."

„Nein, du hast einen Job zu erledigen. Der Chef rief an. Er wollte dich sprechen. Als ich ihm sagte, daß du hier Matratzenhorchdienst machst, gab er mir die Instruktionen."

Erwin Ziegenbein knetete seine Gesichtshaut. „Was soll ich denn tun, verflucht?"

„Drei Rotznasen beobachten."

„Was bitte?" Erwin schüttelte den Kopf. „Hast du ein paar Schrauben locker."

„Paule setzte sich, ohne die Glotze wieder einzuschalten. „Hör zu, es geht um folgendes."

Sicherheitshalber las er alles vom Zettel ab, das machte auf Ziege auch mehr Eindruck.

Erwin hörte zu, ohne sich zwischendurch zu beschweren. Zum Schluß fragte Maurer. „Alles kapiert?"

„Ja, alle Klarheiten beseitigt."

„Dann kannst du ja losdüsen. Die drei Typen laufen dir bestimmt über den Weg. Fahr in die Nähe des Schlosses und halte die Augen weit offen. Der Chef ist gut informiert."

„Hoffentlich." Ziege verließ den Platz zwischen Tisch und Sofa, um sich seine Jacke zu angeln. Er fühlte nach, ob die Autoschlüssel in der rechten Tasche steckten, war zufrieden, als er das Klimpern hörte, und verzog sich. Die Tür war kaum hinter ihm zugefallen, als sich Paule Maurer die Fernbedienung schnappte und die Glotze wieder einschaltete.

Erwin Ziegenbein hatte tatsächlich Glück. Auf der Fahrt in den Ort entdeckte er zwei Jungen und ein Mädchen auf ihren Rädern. Sie fuhren ihm entgegen.

Die Beschreibung stimmte – das mußten sie einfach sein!

Zieges Müdigkeit war verschwunden. Er ließ die drei vorbeiradeln, wendete, als er sicher war, nicht gesehen zu werden, und fuhr ihnen nach. Schon bald erschienen sie wieder in seinem Blickfeld, so daß er vom Gaspedal gehen mußte.

Es war leicht, die drei zu verfolgen. Nach kurzer Zeit bogen die Radler ab und fuhren in Richtung einer Grünanlage weiter. Jetzt erkannte Ziege ihr Ziel.

Er wußte, daß es sich bei dem riesigen Gebäudekomplex um ein Krankenhaus handelte. Es stand noch nicht sehr lange, war oft kritisiert worden. In diesen Kästen behandelte man die Patienten wie Nummern.

Die drei Radler nahmen den Weg, der allein den Fußgängern und Radfahrern vorbehalten war. Das machte Erwin Ziegenbein nichts aus. Er kannte das Gelände gut genug und wußte auch, wo die Räder abgestellt wurden.

Erwin Ziegenbein steuerte den Parkplatz an. Als er den Opel abschließen wollte, fiel ihm auf, daß drei Drinks auf dem

Rücksitz standen. Plötzlich zuckte eine Idee durch seinen Kopf.

Wenige Minuten später hatte er sie ausgeführt. Da standen die Becher auf den Gepäckträgern und würden bei den Jugendlichen das große Staunen hinterlassen, wenn sie zurückkehrten.

Erwin Ziegenbein richtete sich auf eine ungewisse Wartezeit ein, die er auf einer Bank verbringen wollte. Sie stand gut geschützt. Hinter der Rückenlehne wuchs eine Hecke hoch, zum Glück nicht so dicht. Es gab genügend Lücken zwischen den Zweigen, durch die er zu den Rädern spähen konnte.

Er wartete.

Besucher kamen, stellte ihre Räder ab, gingen in das Krankenhaus, aber von seinen drei Rotznasen war nichts zu sehen.

Als Erwin schon wütend wurde und anfing, an den Fingernägeln zu kauen, da geschah es.

Sie kehrten zurück und Erwin lachte leise auf, als sie wie vom Blitz getroffen stehenblieben und auf die Gepäckträger schauten.

Jetzt war guter Rat teuer. Was sie miteinander sprachen, konnte er nicht verstehen. Jedenfalls packte der junge Japaner schließlich zu und brachte die drei Becher weg.

Plötzlich wurde es Erwin Ziegenbein heiß und kalt zugleich. In seinem Bauch brodelte es; er hätte jetzt gut und gern eine Toilette gebraucht. Ihm wurde klar, daß er in seinem Übermut einen Fehler begangen hatte. Die drei Becher würden in die falschen Hände gelangen, und das mußte er verhindern.

Plötzlich konnte er laufen. Er schlug einen Bogen, erreichte den Eingang unter heftigem Keuchen und hätte beinahe noch eine Frau umgerannt. Er schaute nach rechts und sah, daß der japanische Junge den Weg zu den Aufzügen eingeschlagen hatte.

Glücklicherweise war der Lift noch nicht unten. Langsam, auch wenn es ihm schwerfiel, ging Erwin Ziegenbein auf den Jungen zu. Fast hatte er ihn erreicht, als sich die Tür des Aufzugs teilte und den Eingang freigab.

Turbo kannte Ziegenbein nicht. Gelassen trat Erwin mit ein, lehnte sich aber sicherheitshalber so gegen die Wand, daß er dem Jungen höchstens ein Drittel seines Profils zuwandte. Außerdem hatten noch zwei weitere Besucher den Aufzug betreten.

Der Lift hielt im vierten Stock, und der Junge verließ die Kabine. Auch Ziege stieg aus. Jetzt mußte er unheimlich vorsichtig sein.

Aus Übermut hatte er einen Fehler begangen. Es mußte ihm einfach gelingen, die Becher wieder in seinen Besitz zu bekommen. Er dachte daran, den Jungen anzugreifen, eine blitzschnelle Attacke, umstoßen, die Becher schnappen, dann weg.

Das würde nicht klappen. Es gab zu viele Zeugen auf dem Gang. Da wollte Erwin Ziegenbein auf keinen Fall etwas riskieren.

Der Junge ging auf eine Glastür zu. Er balancierte die drei

Becher sehr behutsam, als würde sich ein besonders kostbarer Inhalt darin befinden. Im Prinzip stimmte das schon.

Ziege wartete, bis die Tür zugeschnappt war. Mit etwas ängstlichen Blicken schaute er sich um, bevor er ebenfalls die Glastür aufdrückte. Er hatte das Gefühl, daß man ihm ansehen würde, wie fremd er hier im Krankenhaus war.

Ziegenbein ließ nicht locker. Schon bald sah er Skatspieler auf dem Gang und einen Mann mit dunklem Oberlippenbart, der am Fenster stand und irgendwie sehnsüchtig hinausschaute.

Genau auf diesen Mann ging der Junge zu. Er sprach ihn an, noch bevor er ihn erreicht hatte.

Der Mann staunte. Ziege schritt schnell an ihm vorbei und blieb bei den skatspielenden Männern stehen. Da fiel er nicht auf, denn auch andere Zuschauer, hatten sich zu den Spielern gesellt.

Ziege hatte feuchte Hände bekommen. Aus dem Augenwinkeln schielte er nach links.

Der Junge redete schnell auf den Erwachsenen ein. Die Becher hatte er auf die Fensterbank gestellt. Während des Sprechens wies er einige Male mit dem Finger auf sie.

Ziege war sich ziemlich unschlüssig, was den Mann anging. Er konnte den Fremden nicht richtig einstufen, da dieser weder einen Morgenmantel noch einen Schlafanzug trug. Er trug normale Straßenkleidung: Hemd, ein dünner Pullover, blaue Jeans.

Vielleicht ein Polizist?

Erwin Ziegenbein hatte sonst einen guten Riecher. Er konnte förmlich riechen, ob jemand zur Polizei gehörte oder nicht. Bei dem Fremden klingelte bei ihm kein Alarm. Das war kein Polizist, das war ...

Wie Schuppen fiel es ihm von den Augen. Plötzlich wußte er Bescheid. Dieser Typ mußte der Kerl sein, der den Drink zu sich genommen hatte. Genau so hatte Paule ihn nach den Schilderungen des Chefs beschrieben.

Jetzt paßte plötzlich einiges zusammen. Als harmlos stufte Ziege den Bartträger nicht mehr ein.

Der Junge ging wieder; die drei Becher hatte er zurückgelassen. Sie standen harmlos auf der schmalen Fensterbank.

Er *mußte* sie bekommen.

Ziege geriet unter Streß. Sein Herz schlug schneller. Im Mund breitete sich ein Geschmack aus, als würde er auf alten Lappen kauen. Was hatte dieser Mann mit den Bechern vor?

Trinken würde er das Zeug bestimmt nicht. Es gab eigentlich nur zwei Möglichkeiten. Entweder schickte er die Becher der Polizei, oder er reichte sie an das Krankenhaus-Labor.

Die Polizei würde die Spur der Becher sicher bereits verfolgen, das stand fest. In dem Geschäft hatte es zuviel Aufsehen gegeben. Hier im Krankenhaus durfte das nicht noch einmal passieren. Und bevor die Polizei nun eine neue Spur serviert bekam, mußten die Becher verschwinden. Koste es, was es wolle!

Ziege war nervös. Hilflos schaute er zu, wie der Mann die Becher an sich nahm und fortging.

Was tun?

Paule Maurer hatte ihm den Auftrag gegeben, die drei Jugendlichen zu beobachten, nicht den Mann.

Als der durch die Glastür ging, eilte Ziege ihm nach. Er konnte erkennen, wie der Mann im Zimmer eines Arztes oder einer Krankenschwester verschwand.

Ziege wartete erst einmal ab.

Seine Nervosität stieg, obwohl er versuchte, sich lässig zu geben. Dann sah er den Mann wieder. Dieser machte einen etwas unschlüssigen Eindruck, schaute nach rechts und links, bevor er mit raschen Schritten verschwand.

Ziege jagte los. Die Tür stand offen, er konnte in das Zimmer hineinschauen. Leer! jubelte er innerlich. Due Bude ist leer. Wenn das keine Chance war: die Becher standen zum Greifen nahe auf einem kleinen, fahrbaren Glastisch.

Plötzlich entwickelte Ziege eine fieberhafte Hektik. So fieberhaft, daß er einen Becher umwarf. Rasch nahm er ihn an sich und verstaute ihn wie die beiden anderen in den Außentaschen seiner Jacke.

Er drehte sich um, hetzt auf die Tür zu – und stieß mit einer Schwester zusammen, die in das Zimmer hineinwollte,

Beide erschraken, aber Erwin hatte sich schneller gefangen. Die Frage der Frau erstickte auf ihren Lippen. Zieges Stoß schleuderte sie zu Boden.

Zum Glück für Ziegenbein schrie sie nicht. Sie wurde bleich vor Schreck und rührte sich nicht.

Ziege rannte wie selten. Das Glück war ihm hold. Im letzten Augenblick konnte er in einen Fahrstuhl springen, der ihn nach unten brachte. Trotz seiner gelungenen Flucht war ihm komisch zumute. Er fragte sich, ob er nicht einen Fehler begangen hatte. Vielleicht hätte er alles auf sich beruhen lassen sollen.

Ziegenbein fuhr der Aufzug zu langsam. Anschließend mußte er sich zwingen, normal durch die Halle zu gehen. Nur nicht auffallen.

Er kam aus dem Haus, ohne daß auch nur jemand versucht hätte, ihn anzuhalten. Als er im Wagen saß, zitterten seine Hände so stark, daß er Mühe hatte, den Zündschlüssel ins Schloß zu stecken.

Das war noch einmal gut gegangen. Aber jeden Tag wollte er so etwas nicht erleben...

Alfred hatte den Arzt gesucht, ihn nicht gefunden und wollte wieder zurück in den leeren Raum gehen,, wo er die drei Becher so lange abgestellt hatte.

Als er den Gang betrat, sah er die Krankenschwester, die dabei war, sich vom Boden aufzurappeln. Sie machte einen völlig geschockten Eindruck, sah käsig aus, ging mit zitternden Schritten zur Wand und stützte sich dort ab.

„Was ist los, Schwester?“

Die junge Frau schüttelte den Kopf. Ihre Brille war verrutscht. Sie setzte sie gerade.

„Bitte, reden Sie!“

„Das ist“, flüsterte sie, „also das ist mir noch nie passiert, ehrlich. So etwas...“

„Was denn?“

„Ich wollte in das Schwesternzimmer. Da kam plötzlich ein Mann und schlug mich nieder oder rannte mich um. So genau weiß ich das nicht."

„Moment mal." Alfred huschte in den Raum. Die drei Becher waren fort. Keine Spur mehr von den Sahnedrinks, die angeblich Power gaben.

Ziemlich geknickt ging er zurück. Die Schwester wischte sich mit einem Taschentuch den Schweiß von der Stirn. Sie atmete noch immer heftig.

Alfred ließ ihr eine kurze Pause, dann fragte er: „Wie hat der Mann ausgesehen?"

„Wenn ich das wüßte."

Alfred senkte den Kopf und schaute sie starr an. „Denken Sie nach, Schwester, bitte."

Sie zuckte mit den Schultern. „... es ging so schnell."

Alfred nickte. „Klar, das kann ich verstehen. Ist auch in Ordnung, aber etwas müssen Sie gesehen haben. Der ... der Mann ist doch kein Schatten gewesen."

„Helles Haar."

„Toll", lobte Alfred. „Das ist immerhin etwas. Ist Ihnen noch etwas aufgefallen?"

„Sie fragen wie ein Polizist."

„Bitte, weiter, Schwester."

„Da war noch was auf der Oberlippe ..."

„Ein Pickel?"

Die Schwester mußte lachen. „Nein, kein Pickel, sondern ein heller Strich, verstehen Sie? Auch am Kinn Haare ..."

„Eher ein Bart, wie?" fragte Alfred grinsend.

„Ja", erwiderte die Schwester. „Da könnten Sie recht haben, Herr Meier."

„Hm, hm", machte Alfred. „Das ist natürlich mehr als interessant."

„Wieso?"

„Lassen Sie mich mal nachdenken." Alfred schritt im Gang auf und ab. Den Blick gesenkt, die Stirn in Falten gelegt, manchmal nickend oder vor sich hinbrummelnd.

„Kennen Sie den Mann?" fragte die Schwester.

Alfred blieb stehen. Er hatte einen Finger auf seinen Nasenrücken gelegt. „Ich denke schon."

„Wer war es denn?"

„Den habe ich vorhin gesehen, glaube ich. Als ich Besuch von Turbo bekam."

„Von wem, bitte?"

Alfred winkte ab. „Lassen wir das, Schwester, den kennen Sie nicht. Ein Jugendlicher, ein Freund, der mir die Becher brachte, die der Mann aus dem Zimmer stahl."

„Ach so."

Alfred nickte noch heftiger. „Ja, ich bin der festen Überzeugung, daß nur er die Becher gestohlen haben kann. Und damit hätten wir eine Spur."

„Wie meinen Sie das?"

„Abwarten, Schwester."

„Moment mal." Sie sah aus, als wäre ihr soeben eine tolle Idee gekommen. „Diese Drinks, Herr Meier, sind das etwa die gleichen, die Sie auch probiert hatten?"

„Nicht die gleichen, aber so ähnlich. Ich würde sagen, sie gehören zu den vergifteten."

„Ach du Schreck."

Er hob die Schultern. „Machen Sie was daran, Schwester. Man ist von Feinden umgeben."

„Ja, da sagen Sie was." Sie lehnte sich an die Wand. „Soll ich versuchen, den Oberarzt zu rufen? Der Professor befindet sich im Wochenend-Urlaub, da könnte . . ."

„Nein, nein, Sie machen gar nichts. Ich werde die Sache in die Hände nehmen."

„Und wie sieht das aus?"

„Nun ja, ich gebe Ihre Beschreibung an die Polizei weiter. Damit könnten die Leute eine stille Fahndung ankurbeln, wenn Sie verstehen."

„Aha", sagte die Schwester und staunte. Sie war noch immer ganz verwirrt.

So merkte sie nicht einmal, daß Alfred mittlerweile das

Weite gesucht hatte. Für ihn war es jetzt wichtig, an ein Telefon zu kommen. Alles andere kam später.

Den Namen des Beamten, der seinen Fall bearbeitete, hatte er behalten und sich sogar die Nummer aufgeschrieben. Hoffentlich war der Mann auch erreichbar, am Wochenende arbeitete nicht jeder.

Er hatte tatsächlich keinen Dienst, und als Alfred den Stellvertreter verlangte, war auch dieser unterwegs.

Wütend legte Alfred auf. „Dann bleibt mir wohl nichts anderes übrig, als die Sache selbst in die Hand zu nehmen."

Die Schwester bekam große Augen, als er wenig später an ihr vorbeikam. Er zog sich gerade seine leichte Wildlederjacke an.

„Was ist denn jetzt los, Herr Meier?"

„Ich verlasse diese gastliche Stätte."

„Aber Sie haben noch nicht den Schein, der erst unterschrieben werden muß."

„Darauf kann ich verzichten." Alfred winkte der Schwester zu. „Leben Sie wohl!" Danach fiel die Glastür hinter ihm zu, und schon war er verschwunden.

Fassungslos schaute ihm die Schwester nach. Sie verstand die Welt nicht mehr...

6. Gefahr am Großmarkt

Der große Betrieb war vorbei!

Er begann am frühen Morgen, meist schon kurz nach Mitternacht. Da füllten sich die Hallen, rollten die gewaltigen Laster an mit ihrer frischen Ware.

Da steigerte sich der Wirrwarr der Stimmen zum Orkan, und alle Anfahrtsrampen waren besetzt; da wurde versteigert, gewogen, gekauft, geprüft, und da schleppten die kurz davor angeworbenen Tagelöhner die Waren zu den Fahrzeugen der Händler.

Das alles endete dann, wenn der normale Bürger gähnend aus seinen Federn stieg. Und wenig später standen die Waren frisch auf den Märkten der großen Städte.

Am Abend wirkte das Gelände des Großmarkts wie tot. So tot, daß Ela fröstelte und sich mit verzogenen Mundwinkeln umschaute.

„Schmerzen?“ fragte Randy.

„Höchstens seelische. Mir gefällt es hier nicht. Ich komme mir winzig vor.“ Sie spreizte Daumen und Zeigefinger, um die Distanz anzuzeigen. „Die Hallen sind so hoch, und die Gabelstabler flößen mir direkt Angst ein.“ Sie schüttelte sich.

„Warum?“

„Weil sie aussehen wie Ungeheuer. Schau dir nur die Gabeln an. Wenn die Dinger auf dich zufahren, kannst du nur rennen, falls du das dann überhaupt noch schaffst.“

Randy gab keine Antwort. Man hörte Schritte. Turbo gesellte sich zu ihnen. Er hatte sich nur eben umschauen wollen. Jetzt blieb er achselzuckend stehen.

„Nichts?“ fragte Randy.

„So leer wie dein Kopf.“

„Der hat immerhin Stroh als Inhalt“, meinte Ela und ging sicherheitshalber einen Schritt zurück.

Randy verkniff sich eine Bemerkung. „Also, Turbo, wie sieht es aus? Hast du einen Menschen gesehen?“

„Außer uns ist niemand hier.“

„Wo warst du denn überall?“

„Nicht in den Hallen, da kommst du nicht rein.“

„Aber die wollen sich doch in der Gemüsehalle treffen“, erinnerte Ela.

Randy schaute auf die Tür. „Wir haben noch eine Viertelstunde Zeit.“

„Wie schön. Woher weißt du eigentlich, wo sich die Gemüsehalle befindet? Kennst du dich aus?“

„Nein, aber ich werde sie finden."

Ela grinste herausfordernd. „Wie denn?"

„Wo Fisch verkauft wird, stinkt es nach Fisch. Wo ..."

„Gemüse verkauft wird, riecht es nicht nach Gemüse", vollendete Ela den Satz.

„Genau."

„Du meinst also, wir müssen dorthin, wo es nicht riecht. Das ist dann die Halle."

„Richtig."

„Was sagst du dazu, Turbo"

„Im Prinzip hat er recht. Wir könnten uns aber auch in der Nähe des Eingangs verstecken und dort abwarten."

„Ja", sagte Ela im Brustton der Überzeugung, „das hatte ich mir auch gedacht."

„Zwei gegen einen." Randy hob die Schultern. „Ihr habt gewonnen, ich gebe mich geschlagen."

Es gab drei große Hallen. Sie lagen verkehrsgünstig und konnten direkt angefahren werden. Die kleineren Bauten wie die Bürobaracken gingen auf dem großen Gelände fast unter.

Die Freunde nahmen an, daß die mittlere der Hallen der Treffpunkt war. Hier waren einige Spuren zurückgeblieben: Salat- und Kohlblätter, alle schon angefault, hatte der Wind in eine Ecke geweht.

Jenseits der breiten Zufahrt standen alte Wohnblöcke. Haus reihte sich an Haus. Nicht einmal die Fassaden unterschieden sich voneinander. Sie alle waren einheitlich grau. Wer hier wohnte, gehörte nicht zu den Großverdienern.

Der Hafen war nicht weit entfernt. Über den grauen Strom segelten die krächzenden und schreienden Möwen auf der Suche nach Beute. Man konnte sie bis zu den Großmarkthallen hören.

Direkt hinter der offenen Einfahrt breitete sich ein großer Platz aus. Hier konnten die schweren Lkws drehen und wenden.

Die Freunde wollten natürlich nicht gesehen werden und hielten nach einer entsprechenden Deckung Ausschau.

Sie fanden sie neben einer hohen Halle, die als Lager für Paletten und Kisten diente, wie am Tor zu lesen war. Paletten standen auch neben der Halle, wo sie ein rechteckiges Gebirge aus Holz bildeten. Zwischen den einzelnen Stapeln befand sich Platz genug. Die Freude konnten sich bequem hineindrücken, und die Lücken gaben den Blick frei zur Einfahrt hin.

„Ach, wie geht es mir gut", spottete Turbo und holte Kaugummi aus der Tasche. „Wer will noch mal, wer hat noch nicht."

„Ich nicht", sagte Ela.

Randy schüttelte den Kopf.

„Dann esse ich sie eben allein!" Turbo steckte die drei Riegel in den Mund. „Ist übrigens ohne Zucker, Freunde."

„Wie schön für dich." Randy schaute seinen Freund nicht an. Er hatte sich etwas geduckt, um besser nach draußen spähen zu können.

Es war ruhig, bis auf das Schmatzen.

„Hör auf, Turbo!" beschwerte sich Ela.

„Was meinst du?"

„Deine dämliche laute Kauerei geht mir allmählich auf den Zeiger. Kannst du nicht leise kauen?"

„Das Laute gehört dazu!"

„Dann geh woanders hin."

Randy zischte durch die Zähne. „Seid mal ruhig, ihr Blödköpfe. Da kommt jemand, glaube ich."

„Wer?" flüsterte Ela.

„Ein Wagen."

„Kennst du den?"

„Nein, Ela, ich sehe ihn noch nicht."

Aber sie hörten ihn. Das Brummen des Motors, ein typisches Geräusch, und einen Moment später fuhr ein froschgrüner VW-Käfer auf das Gelände.

„Das ist der Wagen von Frau Lindemann!" hauchte Ela.

„Ja, sie ist pünktlich." Selbst Turbo hatte sein lautes Kauen eingestellt. Zusammen mit Ela und Randy peilte er durch die Lücken und verfolgte den Wagen mit den Blicken.

Frau Lindemann hatte einmal gesagt, daß sie den Wagen so lange fahren würde, bis er zusammenfiel. Da sie ihn sehr pflegte, konnte das noch einige Jahre dauern.

Der Käfer rollte quer über den Platz. Es war noch nicht zu erkennen, welches Ziel die Fahrerin ansteuerte. Sie lenkte das Fahrzeug schließlich in einem weiten Bogen nach links und rollte auf die mittlere Halle zu. Im Schatten der mächtigen Außenwand stellte sie den Käfer ab. Sie stieg mit langsamen Bewegungen aus, drückte die Tür zu. Ihre rechte Hand umklammerte den Griff eines Aktenkoffers. Sie trug einen hellen Staubmantel, der leicht im Wind flatterte.

Frau Lindemann traf keine Anstalten, die Halle zu betreten. Sie war nur einige Schritte von ihrem Käfer weggegangen und blieb jetzt stehen. Die Frau sah aus, als warte sie noch auf etwas. Unruhig blickte sie sich nach allen Seiten um.

„Die ist aber nervös!" flüsterte Randy.

„Wäre ich auch."

„Du immer, Ela."

„Sei ruhig."

Frau Lindemann wartete. Die Minuten vergingen, es war längst achtzehn Uhr geworden, aber niemand erschien, um sie abzuholen. Immer wieder schob sie den Ärmel des Mantels zurück, um auf das Zifferblatt zu sehen.

„Das ist doch nicht normal", meldete sich der kauende Turbo. „Da könnt ihr sagen, was ihr wollt."

„Wir sagen ja nichts."

„Ha, ha."

„Die richtige Halle ist es", meinte Randy. „Wenn da keiner kommt, gibt es nur eine Möglichkeit."

„Und welche?"

Randy schielte Ela an, die sich neben ihn gestellt hatte. „Daß die Kerle schon in der Halle sind."

„Ja, stimmt."

„Woher willst du denn wissen, daß es mehrere sind?" fragte Turbo.

„Ich gehe mal davon aus."

„Im Koffer sind sicherlich irgendwelche Verträge."

„Kann sein, Ela."

„Das kann nicht nur sein, das ist so!" erklärte sie und ließ sich durch nichts aus der Ruhe bringen. „Frau Lindemann hat selbst davon gesprochen, daß sie verkaufen will. Geld wird sie bestimmt nicht im Koffer haben. Wer immer hinter dieser schmutzigen Erpressung steckt, dem geht es um das Haus, das Grundstück und so weiter."

„Sollen wir denn hier bleiben und uns die Augen aus dem Kopf starren?" fragte Turbo.

„Wenn wir uns zeigen, ist alles vorbei!"

Da hatte Randy recht, auch wenn es ihnen nicht paßte, nur Zuschauer zu sein.

Plötzlich tat sich etwas. Die Freunde hatten nicht gehört, wie sich eine Hallentür öffnete. Aber Frau Lindemann war das Geräusch nicht entgangen. Sie drehte sich um.

Es war nicht das große Schiebetor, es gab noch kleinere Türen, gerade so groß, um einen Gabelstapler durchzulassen. Eine dieser Türen war von innen her aufgezogen worden.

Etwas blitzte dort im Dämmerlicht auf, wie eine rasch ein- und dann wieder ausgeschaltete Taschenlampe. Das Zeichen für Frau Lindemann, denn sie setzte sich in Bewegung.

Mit steifen, puppenhaften Schritten ging sie dem Eingang entgegen, überschritt die Schwelle, und dann sah es aus, als wäre sie von einem viereckigen Schlund verschluckt worden.

Hinter ihr schwang die Tür wieder zu.

„Und jetzt?" fragte Ela.

Auch die beiden Jungen waren ratlos. Bis Randy meinte: „Eigentlich könnte man sich dort mal umschauen."

„Wie willst du das denn machen?"

„Weiß ich noch nicht."

„Das ist gefährlich", warnte Ela.

„Weiß ich auch. Aber wir müssen etwas tun. Die Polizei zu alarmieren, hat keinen Sinn. Wir haben nicht die Spur eines Beweises. Paßt mal auf. Ich gehe, ihr bleibt hier draußen und deckt mir den Rücken."

Ela bekam einen erschreckten Gesichtsausdruck. „Du willst tatsächlich in die Halle gehen?“

„Ja.“

„Das ist doch Wahnsinn!“

„Meine ich auch“, stand Turbo ihr bei.

Randy hob die Arme und ließ sie wieder sinken. „Was ihr immer habt. Das Ding ist so groß wie ein Bierzelt auf dem Oktoberfest. Da kann man sich bestimmt verstecken.“

„Und was machst du, wenn sie dich erwischen?“

„Ela, ich bitte dich. Ich lasse mich eben nicht erwischen. Das ist Ehrensache.“

„Das sagst du jetzt.“

„Ich gehe trotzdem.“

Ela und Turbo schauten sich an. Glücklich sahen sie nicht aus. Bevor sie noch etwas sagen konnten, war Randy Ritter bereits aus der Deckung gehuscht und lief quer über den Platz auf die gewaltige Gemüsehalle zu...

„Der ist verrückt! Der ist verrückt!“ sagte Ela, wobei sie ihre Hände zu Fäusten ballte.

Turbo gab keine Antwort. Er schaute Randy nach, der unangefochten die schmale Tür erreichte und Sekunden später im Innern der riesigen Halle verschwunden war.

„Ja“, meinte Turbo. „Jetzt können wir ihm nur noch die Daumen drücken, schätze ich.“

„Und was machen *wir*?“

„Abwarten.“

„Ich will aber nicht hier zwischen den Paletten bleiben und darauf warten, daß sich etwas tut. Hast du das verstanden?“

„Immer.“

„Dann komm.“

„Kurze Frage, wohin?“

Ela verdrehte die Augen. „Himmel, ich glaub, ich kriege ’ne Krise. Wir müssen was tun, und wenn wir dabei...“

„Pssst!“ Turbo zischte durch die Zähne. Seine Haltung spannte sich. „Da war etwas.“

„Was denn?“

Er hob die Schultern. „Hat sich angehört, als wäre ein Wagen angekommen.“

„Sicher?“ wisperte das Mädchen.

Turbo wedelte mit den Händen. „Nicht ganz.“ Er schwieg nach dieser Antwort für einige Sekunden. „Außerdem ist es jetzt wieder still. Komisch, wirklich.“

„Dann laß uns nachschauen.“

Turbo richtete sich auf, drehte sich um und schaute Ela aus einer derart kurzen Entfernung ins Gesicht, daß er die wenigen Sommersprossen auf ihrer Nase zählen konnte.

„Was hast du denn?“

„Nichts weiter, gar nichts. Ich wundere mich nur darüber, wie schnell du deine Meinung geändert hast.“

„Hör auf mit dem Quatsch. Ich bin schon kribblig genug.“

„Dann los!“

Noch einmal schauten sie nach, ob die Luft rein war – sie war es. Turbo gab Ela einen leichten Rippenstoß. Wie auf Stichwort huschten beide zugleich los.

Es war schwierig. Sie hatten eine sehr breite, freie Fläche zu überwinden. Nirgendwo zeichnete sich eine Deckung ab. Sie rannten so schnell und so lautlos wie möglich auf die Halle zu, dabei geduckt, als hätten sie Angst davor, ein zu großes Ziel abzugeben. Da das Motorgeräusch von der Seite gekommen war, bogen sie um die Ecke und hatten nun die lange Reihe der Rampen vor sich. Die Hallenwand war hier durch große Schiebetüren unterteilt, die allesamt einen grünen Anstrich aufwiesen.

Sie hatten keinen Blick dafür. Ihr Interesse galt einzig und allein dem dunklen Opel Caravan, der in unmittelbarer Nähe von zwei Gabelstaplern parkte. Gegen diese Kolosse wirkte der Wagen fast schon wie ein Spielzeugauto.

„Das ist er!“

„Woher weißt du das?“

„Ela, ich spüre es!“

„Sollen wir uns den Wagen ansehen?“ Sie wollte schon losgehen, aber Turbo hielt sie fest.

„Noch nicht."
„Und warum nicht?"
„Kannst du erkennen, ob sich jemand im Auto aufhält?"
„Nein."
„Ich auch nicht. Deshalb werden wir uns anschleichen."
Ela lachte. „Humor hast du. Wie denn?"
Turbo deutete mit dem ausgestreckten Zeigefinger nach unten. „Wir werden unter der Rampe herkriechen."
Ela tat so, als hätte sie nicht begriffen. Es war zwar nichts zu sehen, aber sie ahnte, wie dick der Schmutz dort liegen mußte. „Sag mal, meinst du das im Ernst?"
„Klar doch. Spaß kann ich nicht vertragen." Er grinste Ela ins Gesicht, bückte sich – und war verschwunden.
„Auch das noch!" Das Mädchen verdrehte die Augen. „Mit euch bleibt mir nichts erspart."
Turbo bereute schon fast seinen Entschluß. Der Boden war nicht nur sehr schmutzig, dazwischen lagen auch noch zahlreiche klebrige Gemüseabfälle. Verfaulter Salat, zermatschtes Obst, zertretene Blumenkohlköpfe und angefaulte Gurken.
„Meine Güte, das ist ja irre."
Turbo drehte den Kopf. „Was denn?"
„Dieser Dreck."
„Den spritzen die irgendwann wieder weg. Dann kommen die Leute mit den großen Besen."
„Ich denke da eher an Ratten."
„Spaßvögelchen."
„Das meine ich ernst." Ela kroch weiter. Sie hätte zwar auch gebückt gehen können, wäre dann aber mit dem Rücken an der Unterseite der Rampe entlanggeschabt.
Der Gedanke an die Ratten ließ sie nicht los. Immer wieder schaute sie in die Abfälle hinein, ob sich dort etwas bewegte.
Dort tat sich nichts.
Sie kroch schneller und holte Turbo ein, als dieser stehenblieb. Der Junge wies mit dem Daumen nach rechts. „Schau mal da."
Ela blickte auf den geparkten Opel. Sie befanden sich mit ihm auf gleicher Höhe. „Na und?"

„Ich frage mich, wo der Fahrer steckt?"
„Wieso nur einer?"
„Na ja, das können auch mehrere gewesen sein."
„In der Halle, Turbo."
„Nehme ich auch an."
„Wenn das so ist, dann befindet sich Randy in Gefahr." Ela hockte dicht vor dem Freund und hatte mit sehr ernster Stimme gesprochen. „Wir sollten versuchen, ihn da rauszuholen."
Turbo verdrehte die Augen und schielte gegen die schmutzige Decke. „Wird nicht einfach sein."
„Ich war von Beginn an dagegen."
„Ja, ist schon gut. Bisher ist nichts passiert." Turbo drehte sich. „Ich krieche mal vor."

„Was willst du denn?"

„Nur schauen, ob die Luft rein ist." Er bewegte sich im Entengang weiter, und Ela starrte auf seinen Rücken. Dann winkte Turbo.

Demnach war die Luft rein. Als Ela unter der Rampe hervorkroch, stand Turbo bereits neben dem Caravan und schaute hinein.

„Hast du was entdeckt?"

„Nein, nichts."

Die Ruhe gefiel ihnen beiden nicht. Obwohl Platz genug war, kamen sie sich umzingelt vor. Beobachtet von zahlreichen Augen, die nur darauf warteten, daß sie einen Fehler machten.

Turbo nickte und wies über die Rampe. „Da ist sogar eine Tür", murmelte er.

„Das Eisending?"

„Was sonst."

Ela hob die Schultern. „Ich kenne dich ja. Du willst hinein und Randy..."

Turbo war bleich geworden. „Jetzt nicht mehr“, flüsterte er.

„Wieso?“

Der Junge konnte sich die Antwort schenken. Ela sah den Mann selbst, der wie ein Geist erschienen war und so schmierig grinste, daß sie sofort Furcht vor ihm bekam...

Als die Tür hinter Randy zugefallen war, hatte er das Gefühl gehabt, von einem Walfisch verschluckt worden zu sein. So dunkel war es im ersten Moment; er brauchte eine gewisse Zeit, um sich an die neue Umgebung zu gewöhnen.

In der Halle roch es seltsam. Randy konnte sich den Geruch nicht erklären; irgendwie muffig und nach Fäulnis. Er sah nur Umrisse, durch die Fenster in den oberen Hälften der Wände fiel kaum Licht, und die Beleuchtung unter der Decke war ausgeschaltet.

Mehrere Gänge unterteilten die Halle. Sie waren alle sehr breit, im Schachbrettmuster angelegt. Hinter den Gängen ragten große Theken und Regale empor. Riesige Waagen standen auf blankgescheuerten Tischen. Kisten und Körbe stapelten sich daneben.

Frau Lindemann war verschwunden. Gerade sie aber suchte er. Er wollte sehen, was sie tat, aber sie zeigte sich nicht.

Irgendwo in der Mitte der Halle blieb Randy stehen. Er kam sich klein und verloren vor.

Als er seinen Blick zur Decke richtete, mußte er schlucken, so hoch über ihm schwebte sie.

Er kam an einer großen Theke vorbei, zu der eine kleine Treppe hochführte. Möglicherweise saß dort der Versteigerer.

Dann entdeckte er das Licht!

Es „schwamm“ tiefer in der Halle, und es sah aus, als brenne dort eine Kerze. Jedenfalls kein Licht aus einer Leuchtstoffröhre, das war kälter.

Randy konzentrierte sich.

Obwohl Eile geboten war, hielt er sich doch zurück. Er wußte nicht, ob irgendwo jemand lauerte, denn Deckungen gab es genug.

Auf den Lippen schmeckte er den feuchten Staub. An manchen Stellen waren nicht alle Reste vom Boden gefegt worden. Er mußte achtgeben, nicht auszurutschen, denn die faulenden Blätter waren wie Glatteis.

Randy näherte sich dem Licht und sah nun auch, woher es kam. Es befand sich in einem der zahlreichen Büros. Wie Hühnerställe standen sie nebeneinander, und jedes Büro war mindestens bis zur Hälfte mit einer Glasfront versehen.

Wer dort arbeitete, konnte gleichzeitig den Betrieb in der Halle gut beobachten.

Nur in einen Büro brannte Licht. Die kleine Lampe stand auf einem Schreibtisch. Sie war von einem etwas dunkleren Schirm umgeben, der einen großen Teil der Helligkeit verschluckte. Es fiel noch genügend Licht auf die Schreibtischplatte, die bis auf eine einzelne Akte leer war. Rechts und links neben der Akte sah er noch zwei schmale Hände liegen.

Randy Ritter ging in die Knie. Er hatte nicht gesehen, wer hinter dem Schreibtisch hockte. Die letzten Meter wollte er geduckt, möglicherweise auch kriechend zurücklegen.

Der Junge kroch vor. Hinter der viereckigen Glasscheibe lag die helle Insel, und Randy hörte ein Geräusch, das ihm bekannt vorkam. Da weinte jemand!

Sofort hielt er an, um zu lauschen. Nein, er hatte sich nicht geirrt, das Schluchzen war deutlich zu vernehmen. Und es weinte kein Mann, sondern eine Frau.

Das konnte nur Maria Lindemann sein!

Den letzten Rest der Strecke legte Randy nun schneller zurück. Die Glasfront war in der Mitte einen Spalt offen. Die untere Hälfte der ganzen Front bestand aus Holz, über den Rand konnte er hinwegschauen.

Wie eine Schlange zog er sich an der Glastür vorsichtig hoch, bis es ihm gelang, über den Rand in das Büro zu peilen. So unmodern es auch von außen wirkte, die Einrichtung war erste Klasse. Computer mit Drucker, Telefax, eine Telefonanlage, ein Aktenschrank aus Metall und natürlich der Schreibtisch, hinter dem tatsächlich Frau Lindemann saß und weinte.

Papiere waren vor ihr ausgebreitet. In der Hand hielt sie einen Füllfederhalter. Sie starrte auf den Text, und Randy war sicher, daß sie kein Wort lesen konnte, die Buchstaben mußten vor ihren Augen verschwimmen.

Der Junge zählte eins und eins zusammen. Frau Lindemann war hergeholt worden, um den Vertrag zu unterschreiben. Aber wo steckte die geheimnisvolle Person, die sie herbestellt hatte. Der Mann, der alles leitete, der große Boß vielleicht?

Wußte sie es?

Randy gab ihr noch einige Sekunden. Frau Lindemann machte den Eindruck, als hätte sie noch nicht unterschrieben. Sie saß da, weinte, schüttelte hin und wieder den Kopf, wischte dann die Augen blank so gut wie möglich und machte anschließend eine Bewegung, die Randy Ritter regelrecht erschreckte.

Sie hob die rechte Hand mit dem Füllfederhalter an, um die goldene Feder über das Papier zu schwenken.

„Nein, nicht, Frau Lindemann!"

Die Worte waren Randy so hervorgerutscht. Er sah, wie Maria Lindemann zusammenzuckte und erstarrte. Sie öffnete ihren Mund zu einem Schrei.

Alles durfte passieren, nur das nicht. Damit wäre der Unbekannte, der sich möglicherweise noch in der Halle aufhielt, gewarnt.

„Ich bin es nur! Nicht schreien!" Randy schlüpfte schnell durch den Spalt in der Glasfront in das Büro.

Frau Lindemann blickte ihm entgegen wie einem Fremden. Sie konnte es nicht fassen, ausgerechnet Randy Ritter.

Sie saß da wie eine Statue, der Mund stand immer noch zur Hälfte offen, ihr Atem war kaum zu hören.

Auch Randy fühlte sich unsicher. Sein rechter Mundwinkel zuckte. Es sah wieder so aus, als würde er grinsen. Was sollte er Frau Lindemann denn sagen?

„Bitte ... ich ... ich", stotterte er.

„Randy – du?"

„Ja."

Sie schüttelte den Kopf. Nein, sie bewegte ihn nur schwerfäl-

lig nach rechts und links. „Aber das glaube ich nicht. Das kann ich nicht glauben. Wie... wieso bist du hier? Wie ist es möglich, daß du gekommen bist, Randy?"

„Ich entdeckte Ihre Notiz. Und da habe ich mir etwas zusammenreimen können."

„Stimmt, ich hatte etwas notiert."

Noch immer hielt Frau Lindemann den Füller in der Hand. „Was willst du jetzt hier?"

Randy deutete auf die Verträge. „Sie wollten doch soeben unterschreiben, nicht?"

„Das hatte ich vor."

„Bitte, tun Sie es nicht!"

Frau Lindemann schaute in Randys fast flehende Augen. „Aber Junge, was soll ich denn tun?"

„Auf keinen Fall unterschreiben."

Sie seufzte schwer. „Ja, du hast recht. Ich stimme dir zu. Ich bringe es kaum übers Herz. Aber wenn ich nicht unterschreibe, werden die Anschläge nicht aufhören. Auch ich persönlich stehe dann in der Schußlinie. Das hat man mir gesagt."

„Wer war das?"

Sie tupfte mit dem Taschentuch ihr Gesicht ab und auch die Augen. „Wenn ich das wüßte, ginge es mir besser."

„Haben Sie denn nicht mit dem Mann gesprochen?" fragte Randy verwundert.

„Doch, habe ich. Aber nicht so, wie du es dir vorstellst, Randy. Wirklich nicht. Die Stimme klang so verzerrt, daß ich sie nicht erkennen konnte."

„Haben Sie den Mann gesehen?"

„Nein." Sie schob das Telefon etwas zur Seite. „Hier, schau dir das an, Randy."

Der Junge trat näher an den Schreibtisch, „Ein Recorder", sagte er staunend. „Betrieben durch eine Batterie."

„Genau, Junge."

Randy strich über sein Haar. „Tja", murmelte er. „Wenn das so ist. Und was ist, wenn Sie unterschrieben haben? Wie geht es dann weiter, Frau Lindemann?"

„Dann werde ich gehen."

„Wieder wegfahren, nicht?"

„Ja."

Randy überlegte. „Müssen Sie denn die Verträge unterschrieben zurücklassen?"

„So hat man es mir gesagt."

Mit dieser Antwort hatte Randy gerechnet. Er wußte längst, was er darauf erwidern sollte. „Dann ist alles klar, Frau Lindemann. Der unbekannte Boß ist sicher noch hier."

„Was sagst du?"

„Ja." Randy hatte Mühe, seiner Stimme einen normalen Klang zu geben, denn plötzlich fühlte er sich wie auf dem Präsentierteller stehend. Hier im Büro brannte das Licht. Die Halle lag im Dunkeln.

„Er wird uns beobachten, nicht?"

„Das befürchte ich auch, Frau Lindemann."

„Und was machen wir nun?"

Obwohl es Randy drängte, zu verschwinden, hatte er noch eine Frage. „An wen würden sie denn verkaufen, wenn Sie unterschreiben?"

„Ich ... ich kenne den Käufer nicht. Hier steht Anwaltsbüro Vertax mit Sitz in Liechtenstein. Willst du mehr lesen und ..."

„Nein, nein. Ich kenne mich zwar nicht aus, aber Liechtenstein ist schon komisch."

„Das stimmt. Dahinter kann stecken, wer will."

„Wollen Sie denn unterschreiben?"

„Nein, Randy, jetzt nicht mehr. Nein, ich will nicht." Sie schraubte die Kappe wieder auf den Füller, nahm den Vertrag in beide Hände und zerriß ihn vor Randys Augen.

„Reicht das?"

„Ja. Aber nehmen Sie die Hälften mit für die Polizei. Sie müssen sich einfach an die Polizei wenden. Nur die kann Ihnen helfen. Ich weiß von meinem Vater, daß es dort Abteilungen gibt, die sich mit Wirtschaftskriminalität beschäftigen. Und das ist so ein Fall, schätze ich. Alles klar, Frau Lindemann?"

„Bis jetzt, ja."

„Dann kommen Sie, bitte."

Randy ging zur Tür. Er bekam noch mit, wie Frau Lindemann den zerrissenen Vertrag in den Koffer packte, den Dekkel zudrückte und die Zahlenkombination an den Schlössern verstellte. Randy war noch immer unruhig. Er hatte das kleine Büro verlassen, stand in der Halle und drehte der hellen Lichtinsel den Rücken zu. Dabei schaute er in die Halle hinein, ohne jedoch etwas erkennen zu können. Die Lichtverhältnisse waren einfach zu schlecht. Da mußte er schon raten.

Randy hörte Frau Lindemanns Schritte hinter sich. Sie schneuzte ihre Nase, dann blieb sie neben ihm stehen. „Jetzt müssen wir so schnell wie möglich fort."

„Kennen Sie eine Abkürzung?"
„Nein, ich bin dort hereingekommen, wo..."
„Das haben wir gesehen."
Sie begriff sofort. „Ach, deine Freunde sind auch mit von der Partie?"
„Ela und Turbo warten draußen."
Ein scheues Lächeln umzuckte die Lippen der Frau. „Ihr macht wohl nichts allein, wie?"
„Wenn's eben geht, nicht."
„Wie nennt ihr euch noch?"
„Das Schloß-Trio!"
„Ein außergewöhnlicher Name."
„Ja, das finden wir auch."
Randy hatte während der Unterhaltung immer wieder in die Halle hineingeschaut, aber nichts Verdächtiges gesehen. Keine Bewegung war ihm aufgefallen, kein verdächtiges Geräusch war an seine Ohren gedrungen. Dennoch war er weit davon entfernt, beruhigt zu sein. Wer immer hinter dieser gemeinen Sache steckte, er würde sie nicht so leicht aus der Hand geben.
„Wir müssen dann nach links, Junge."
„Ich weiß, Frau Lindemann."
Sie gingen nebeneinander her. Obwohl sie sich nicht abgesprochen hatten, traten sie leise auf. Keiner der beiden sprach, aber sie wußten, daß sie sich aufeinander verlassen konnten. Das allein zählte.
Randys Gedanken beschäftigten sich mit dem nächsten Schritt. Er würde sich so rasch wie möglich an die Polizei wenden, aber zuvor noch mit seinem Vater telefonieren, damit der alles in die Wege leitete. Hoffentlich waren jetzt alle Sahnedrinks aus den Regalen geräumt worden, damit nicht noch mehr Menschen zu Schaden kamen.
Wie zu Stein erstarrte Ungeheuer sahen die hohen Theken und aufgebauten Kistentürme aus. Über allem hing der Geruch, säuerlich und muffig.
Noch kamen sie ungehindert weiter. Ihre Hoffnung wuchs.
„Ich denke, wir schaffen es, Randy!"

„Meine ich auch."

Drei Sekunden später war er nicht mehr der Meinung. Aus dem Dunkel stach etwas Helles, Blitzendes hervor, wie ein Speer aus Licht. Er blendete ihnen direkt ins Gesicht.

Eine Stimme, die so rauh klang, als würde der Sprecher mit Nägeln gurgeln, klang ihnen entgegen.

„Bis hierher und nicht weiter!"

Der Mann trug eine dünne Jacke aus Leder. Um sein Kinn herum wuchsen einige Bartstoppeln. Ebenso farblos wie diese war auch das Haar auf seinem dünnen Schädel. Die Jeans sah schmutzig aus und saß so eng, als wäre sie eine zweite Haut.

In den Augen glitzerte Eis. Turbo und Ela war klar, daß kein Freund vor ihnen stand.

Der Unbekannte mit dem knochigen, dreieckigen Gesicht leckte über seine dünnen Lippen, als er den Freunden kurz zunickte. „Darf man fragen, was ihr hier macht?"

Ela antwortete lässig: „Wir wollen uns nur umsehen. Hier ist es immer so schön einsam." Sie wurde ein bißchen rot dabei.

„In der Regel schon. Aber nicht heute." Der Mann zog die Nase hoch. Er kam noch näher.

Ela interessierte ihn nicht. Sein starrer Blick richtete sich allein auf Turbo, der sich mehr als unbehaglich fühlte, als der Fremde ihn so anstarrte.

„Siehst stark aus, Junge, echt stark ..."

„Was meinen Sie damit?"

„Nur so. Einen wie dich vergißt man nicht."

„Ja, das sagte mein Urgroßvater auch schon."

Erwin Ziegenbein verengte seine Augen. „Ich mag es überhaupt nicht, wenn man mich auf die Rolle nehmen will. Ich habe es so gemeint, wie ich es sagte. Dich vergißt man nicht."

„Warum reden Sie so?"

Ziege grinste breit. „Kannst du dir das nicht denken?"

„Nein."

„Dann will ich es dir sagen. Erinnere dich mal an einen Gang im Krankenhaus. Na, fällt bei dir der Groschen?"

„Nein."

„Aber drei Becher mit dem Sahnedrink hast du schon deinem komischen Freund gebracht, oder?"

Turbo wollte es nicht, er lief trotzdem rot an. Es war ihm anzusehen, daß er durchschaut war. Und er wußte auch, daß es keinen Sinn hatte, die Sache abzustreiten.

Erwin Ziegenbein lachte gemein. „Na, wie gefällt dir das, mein Freund? Von wegen, mir erzählen zu wollen, daß ihr ein stilles Plätzchen für eure Knutschereien sucht. Das ist nicht drin, das geht nicht, Freunde. Ihr seid mir viel zu neugierig. Weshalb seid ihr hier? Was habt ihr hier vor? Warum schnüffelt ihr hier herum?"

„Wir sind verabredet."

„Ach ja?"

Ela nickte. „Und ob. Frau Lindemann hat uns herbestellt. Das heißt mich. Ich habe Turbo mitgebracht."

„Und was wollte sie von dir?"

„Ich bin ihre Nichte."

Erwin Ziegenbein sah aus, als hätte er in eine saure Zitrone gebissen. „Noch so eine dämliche Lüge, dann geht es euch wirklich schlecht, das verspreche ich."

„Wir kennen Frau Lindemann wirklich", beteuerte Turbo.

„Ja, ja, ist alles klar. Ich glaube euch, aber ich mag euch nicht. Vor allen Dingen mag ich keine Zeugen, versteht ihr?"

„Was haben Sie vor?"

„Das will ich dir sagen, Süße. Ich lade euch zu einer kleinen Spazierfahrt ein."

„Und wenn wir nicht wollen?"

„Ihr werdet zu wollen haben!" erklärte der Mann. „Wer seine Nase zu tief in die Suppe hineintaucht, der muß sie auch auslöffeln. Daran gibt es nichts zu rütteln."

Ela und Turbo schauten sich an. Sie waren zu zweit, der andere nur allein. Aber Randy befand sich noch in der Halle. Sollten sie versuchen, den Mann zu überwältigen, oder einfach wegrennen. Eine Schußwaffe schien er nicht bei sich zu tragen.

„Habt ihr die Einladung nicht gehört?"

Die Freunde schraken zusammen, als sie die zweite Stimme hörten. Sie war hinter ihnen erklungen.

Blitzschnell drehten sie sich.

Auf der Rampe stand Paule Maurer. Er grinste feist und hatte die Hände in den Speck an seinen Hüften gestemmt. „Mein Freund ist es gewohnt, daß man ihm gehorcht. Besonders dann, wenn es sich um solche Rotznasen handelt, wie ihr sie seid."

„Jetzt wird's eng!" hauchte Ela.

„Ja – hau ab!"

„Was soll ich?"

„Weg mit dir!" Turbo stieß Ela an, die zur Seite taumelte, sich aber dann sofort fing und quer über den Platz zu rennen begann.

Ziegenbein fluchte. Sofort nahm er die Verfolgung auf.

Gleichzeitig setzte sich auch Turbo in Bewegung. Und er war blitzschnell. Bevor Ziege sich versah, stellte Turbo ihm ein Bein. Ziege wurde zum Clipper.

Er legte eine Bauchlandung hin, die ein Flugzeug wohl kaum überstanden hätte.

Hinter seinem Rücken hörte Turbo das Geräusch eines Aufpralls. Paule Maurer war von der Rampe heruntergesprungen. Er hatte nur etwas zuviel Schwung genommen und kämpfte nun mit dem Gleichgewicht.

Das nutzte Turbo aus. Er sprang ihn an und rannte gegen den dicken Bauch des Mannes.

Paule Maurer gab ein Geräusch von sich, als würde eine Lok Dampf ablassen. Er schwankte und fiel rückwärts gegen die Rampe, deren Kante in sein Kreuz drückte.

Jetzt kam Erwin wieder hoch. Er hatte sich aufgerappelt und hetzte nun im Zickzack auf Turbo zu, so daß der Junge kaum berechnen konnte, aus welcher Richtung ihn Ziege anspringen wollte.

Aber dann überraschte er Ziege. Turbo jagte schnurstracks auf den dürren Kerl zu und erwischte ihn auch.

Sein rechtes Knie tat ihm weh. Die Hüfte des Mannes

schmerzte allerdings wohl mehr, denn da hatte Turbo ihn erwischt.

Ziege flog zurück. Er knickte ein, hielt sich die getroffene Stelle und fing an zu jammern.

Turbo drehte sich um und sah gerade noch, wie Paule Maurer

in seine Jackentasche griff. Was er dort hervorholen wollte, war nicht zu erkennen, denn Turbo war bereits weg.

Er lief zu Ela, die sich zwischen den Paletten versteckt hatte.

Turbo konnte schneller laufen als Ziege und dessen Kumpan. Auf halber Strecke schaute er zurück. Die Männer dachten nicht daran, die Verfolgung aufzunehmen.

Paule Maurer war dabei, seinen Freund zu stützen, dessen Geschimpfe Ela und Turbo hören konnten.

„Die sind wir los", sagte Ela und japste dabei nach Luft. „Aber was ist mit Randy?"

Turbo schüttelte den Kopf. „Ich habe nicht gesehen, woher sie kamen. Du vielleicht?"

„Auch nicht."

„Und jetzt?"

Sie hob die Schultern. „Ich hätte eine Idee. Einer von uns alarmiert die Polizei."

„Richtig. Und zwar du!"

Ela wollte Widerspruch einlegen, aber sie sah ein, daß sich Turbo vielleicht besser gegen die beiden Männer wehren konnte.

„Kannst du dich daran erinnern, wo es eine Telefonzelle gibt?"

„Ich habe nicht aufgepaßt."

„Ich versuche es an der Haltestelle."

„Ist gut."

Sie lief los, und Turbo drückte ihr beiden Daumen. Von den Männern war nichts mehr zu sehen. Sie hatten sich wohl in ihre Verstecke zurückgezogen. Frau Lindemanns Käfer stand einsam und verlassen auf dem Platz.

Gespannt blickte Turbo zur Halle hinüber. Randy steckte dort, und Turbo fragte sich, ob nicht noch ein dritter Ganove im Hintergrund lauerte. Vorstellbar war es.

Von Frau Lindemann fehlte jede Spur. Turbo hatte allmählich das Gefühl, daß sich in der Halle einiges abspielte.

Turbo war nicht wohl, wenn er daran dachte, über den freien Platz zu gehen. Dennoch verließ er seine Deckung und schaute in die Höhe. Auf den hohen Dächern saß niemand, der ihn beobachten könnte. Nicht einmal Tauben hatten sich dort eingefunden.

Von Ela war bereits nichts mehr zu sehen. Eine schon friedliche Stille lag über dem großen Gelände.

Turbo schlug einen kleinen Umweg ein. Er wollte seitlich an einer der Lagerhallen vorbeigehen, dort hatte er mehr Schutz. Wer immer die hohen Paletten- und Kistenstapel hier aufgebaut hatte, sie kamen ihm jetzt zugute.

So rasch wie möglich lief Turbo quer über die Straße, erreichte die kleinere Halle und auch die Kisten. Gewaltige Planen schützten sie gegen Regen. Allerdings waren die Planen nicht an allen Stellen festgezurrt worden. An einigen hatten sie sich gelöst. Wenn der Wind zu stark wehte, würden sie reißen oder davonwirbeln.

Im Jogging-Tempo lief er an den Stapeln entlang. Als er plötzlich hinter sich ein Brummen hörte, drehte er sich hastig um.

Da fuhr ein Wagen!

Turbo erkannte auch die Marke. Es war ein Opel, ein Caravan. Er konnte sich denken, wer darin saß. Hinter der Frontscheibe erkannte er zwei Schatten.

Die Kerle wollten sich dünne machen, aber zuvor versuchten sie, Turbo einen Denkzettel zu verpassen. Mit einem Mal heulte der Motor auf, der Fahrer trat aufs Gas.

Es war klar, daß er Turbo überfahren wollte! Da zog der Fahrer den Opel schon nach links, in Richtung der Plane. Durch den Windstoß begann sie zu flattern.

Turbo hätte nie gedacht, daß ein Opel-Motor so laut sein konnte. Möglicherweise bildete er sich das auch ein. Jedenfalls kam ihm der Krach höllisch vor.

Er schaute nicht zurück und gab es auf, die Straße zwischen den Hallen zu überqueren. Statt dessen mußte er versuchen, das Ende der Halle zu erreichen, und dann würde er wie ein Blitz um die Ecke flitzen.

Der Junge gab sein Letztes. Er hielt den Kopf hoch, den

Blick gegen den Himmel gerichtet – und stolperte plötzlich. Mit dem linken Fuß war er voll gegen eine abgerutschte Kiste geprallt. Das Hindernis rutschte weiter, aber Turbo war außer Tritt gekommen.

Er schwankte und fiel!

Sein Leben hing in diesem Augenblick an einem seidenen Faden. Würde er nach rechts fallen, wäre alles vorbei. Das Auto hätte ihn erwischt.

Er hatte Glück.

Ihm war, als schleudere ihn eine unsichtbare Hand nach links. Turbo fiel gegen die Plane, die unter seinem Gewicht nachgab. Er rutschte ab und stürzte auf die Knie. Dann sah er die Kiste, über die er gestolpert war, riß sie an sich, richtete sich auf und schleuderte sie in einem wahren Wutanfall dem Opel Caravan entgegen!

Er hatte gehofft, daß die Kiste die Windschutzscheibe treffen würde. Statt dessen landete sie auf der Motorhaube, wurde noch einmal in die Höhe geschleudert und flog dann, sich überschlagend in hohem Bogen davon.

Turbo glaubte noch, die Flüche der beiden Kerle zu hören, dann wurde der Wagen beschleunigt.

Weg waren sie.

Turbo schaute hinter ihnen her. Er kniete noch immer, die Hände auf den Boden gestützt. Der Junge war nicht mehr fähig, auf die Beine zu kommen. Ihn schwindelte, und sein Herz klopfte zum Zerspringen.

Die Männer verschwanden. Sie fuhren genau in die Richtung, in die auch Ela gelaufen war. Hoffentlich hatte sie inzwischen einen genügend großen Vorsprung gewonnen.

Wie lange er auf dem Boden gekniet hatte, konnte er nicht sagen. Irgendwann jedoch schaffte er es, auf die Beine zu kommen. Er spürte genau, wie stark er noch zitterte.

Es half trotzdem nichts. Er mußte los, er mußte sehen, wie es Randy ergangen war. Das waren sie sich schuldig. Der eine war für den anderen da.

Leicht humpelnd ging Turbo weiter. Beim Aufprall hatte er

sich das rechte Knie heftig gestoßen. Immer wieder blickte er sich um, aber alles blieb ruhig.

Keuchend blieb Turbo vor der Tür, durch die Randy verschwunden war, so lange stehen, bis sich seine Nerven einigermaßen beruhigt hatten.

Als er die Tür aufzog, schickte er ein Stoßgebet zum Himmel. Aber sie quietschte keineswegs in den Angeln. Da hatte sich jemand Mühe gegeben und die Scharniere gut geölt.

Ein schulterbreiter Spalt reichte aus. Die Größe der Halle erinnerte Turbo an ein riesiges Maul, das alles schluckte, was ihm entgegengeschleudert wurde.

Turbo verspürte einen kalten Schauer der Angst über seinen Nacken laufen. Er atmete mit offenem Mund und nur so flach wie möglich. Durch nichts wollte er sich verraten. Lautlos ging er einige Schritte in die Halle hinein und verließ dabei die dunkle Deckung einer hochaufragenden Verkaufs- und Ausstellungstheke.

Als er freie Sicht hatte, entdeckte er die grelle Lichtinsel inmitten der Halle. Und dann hörte er Worte, die seinen Magen beinahe zu einem Eisklumpen werden ließen...

7. In die Falle gelaufen

Ela Schröder rannte um ihr Leben. Nun kam es allein auf sie an. Nur sie konnte Hilfe holen. Es ging nichts mehr ohne die Polizei. Ihr war klargeworden, daß sie sich wieder einmal zu weit vorgewagt hatten.

Die kalte Angst saß ihr im Nacken. Dieses würgende Gefühl der Beklemmung war einfach nicht wegzubekommen.

Während sie lief, dachte sie an ihre Freunde. Sie biß die Zähne zusammen und sah den Beton unter sich wie ein graues Band hinwegfliegen.

Als sie ein Hupen hörte, stoppte sie unwillkürlich. Ein Wagen rollte vorbei. Der Fahrer tippte sich an die Stirn.

Ela Schröder reagierte nicht. Sie stand einsam am Rand der Straße, schnappte nach Luft und keuchte schwer. Sie war fertig von diesem verflixt langen Sprint und hätte jetzt sowieso nicht telefonieren können, da sie kaum ein Wort hervorbringen konnte.

Lange ausruhen durfte sie sich auch nicht. Die beiden Ganoven hatten nicht so ausgesehen, als würden sie leicht aufgeben.

Sie lief über die breite Straße, auf der am Samstag nicht viel Verkehr herrschte.

Wo konnte sie eine Telefonzelle finden? Eines von diesen herrlich gelben Häuschen. Sie dachte an nichts anderes mehr, nur telefonieren, Hilfe herbeiholen.

Auf der anderen Straßenseite zog sich eine graue Häuserfront entlang. Die Wohnanlage war etwas zurückgesetzt.

Einige Bäume fristeten ein trauriges Dasein. Sie schafften es auch nicht, diesen kasernenähnlichen Gebäuden ein freundlicheres Bild zu geben. Kinder spielten auf dem breiten Gehsteig, hüpften Seil oder malten mit Kreide große Kästen auf den Belag.

Neben einem Mädchen blieb Ela stehen. „Kannst du mir bitte etwas sagen?“

„Was denn?“

„Ich müßte mal telefonieren. Weißt du, wo es die großen gelben Zellen gibt?“

Die Kleine überlegte und zog dabei Stirn und Nase kraus. Ein Zeichen dafür, wie angestrengt sie nachdachte. „Das kann ich dir auch nicht sagen, aber bei uns im Haus wohnt jemand, der geht immer in die Wirtschaft und telefoniert.“

Ja, das war die Idee, auch wenn es Ela nicht gefiel, allein in eine Kneipe zu gehen. „Kannst du mir denn sagen, wo die nächste Kneipe ist?“

Die Kleine drehte sich um und deutete die Fassade entlang. „Da mußt du hingehen, dann kannst du sie schon sehen." Sie legte den Kopf schief. „Soll ich dir auch den Namen sagen?"

„Das wäre toll."

„Die heißt Käfig."

„Oh, ist aber ein komischer Name."

„Die ist auch sehr klein. An den Wänden sind Stangen gemalt, wie ein Käfig."

„Danke dir."

Die Kleine winkte noch. „Tschüß..."

Ela war froh, das Problem gelöst zu haben. Obwohl es sie drängte, schnell zu telefonieren, ließ sie sich jetzt Zeit. Ihre Knie waren noch immer weich, und sie zitterte vor Anstrengung. Hin und wieder schaute sie zurück. Niemand verfolgte sie.

Es dauerte nicht lange, bis sie vor dem Ziel stand. Wegen des noch warmen Wetters stand die Tür der Kneipe offen. Ela schlug schaler Biergeruch vermischt mit dem Rauch von Zigaretten entgegen. Aus der Musikbox tönte ein bekannter Schlager.

„So schlimm wird es schon nicht werden", dachte sie bei sich und machte sich damit selbst Mut. Ihr war trotzdem mehr als unwohl, als sie über die Schwelle schritt.

Es brauchte nicht viele Gäste, um den *Käfig* zu füllen. Die wenigen an der Theke reichten schon aus. Sie drehten dem Mädchen die Rücken zu, hatten Bier- und Schnapsgläser vor sich stehen und unterhielten sich mit dem Wirt, dessen Bauch an ein Faß erinnerte. An einer Ecke der Theke hockte eine dunkelhaarige Frau, schaute trübe in die Gegend und ließ eine Zigarette im Aschenbecher verqualmen. Sie rührte sich erst, als sie Ela entdeckt hatte und merkte, daß dieses Mädchen hier fremd war.

„Du hast dich wohl verlaufen, wie?"

„Ja, nein... eigentlich nicht..." Ela bekam einen roten Kopf, weil sie plötzlich stotterte. Außerdem hatte sie so laut gesprochen, daß auch die anderen Gäste sie hören konnten.

Wie auf Kommando drehten sich die Männer um. Gesichter starrten sie an.

„Wer ist dad denn?“ röhrte ein dunkelhaariger Kerl, dessen Hemd zu weit aufgeknöpft war.

„Halt deinen Mund, Erich!“ rief die Kellnerin.

„Ist das deine Tochter, Rita?“

„Nein!“

Der Wirt hatte bisher noch keine Notiz von ihr genommen. Erst jetzt drehte er sich schwerfällig um, schaute Ela an und sagte nur ein Wort:

„Raus!“

Er schien das Wort zu spucken, denn vor seinem Mund erschienen Speichelbläschen.

„Nein!“ Ela war erstaunt über sich selbst.

Der Wirt zuckte zusammen und verteilte zunächst einige Biere an seine Gäste, von denen einige lachten. „Was hast du da gesagt, Kleine? Habe ich richtig gehört?“ Er legte eine Hand an sein Ohr. „Du hast widersprochen, du Göre?“

„Nein, ja ... ich will ja gehen.“

„Dann hau ab!“ schrie er. „Ich will hier keinen Ärger mit dem Jugendschutzgesetz. Verzieh dich in eine Disco oder ...“

„Ich muß telefonieren!“ rief Ela dazwischen.

„Auch das nicht!“

Sie schloß die Augen, holte durch die Nase Luft und hätte am liebsten losgeheult. Das merkte Rita, die Kellnerin. „Meine Güte, stellst du dich an. Wenn die Kleine telefonieren will, laß sie doch.“

„Dafür gibt's öffentliche Telefone.“

„Es ist aber eilig.“

„Habe ich mir gedacht“, sagte Rita und schnickte mit den Fingern. „Gib mir mal das Telefon rüber.“

Der Wirt brummte irgend etwas, griff aber nach dem Apparat und stellte ihn auf die Theke.

„So, jetzt kannst du telefonieren.“

„Frag erst mal, ob sie auch Geld hat.“

„Wenn nicht, zahle ich das, du Geizhals.“

Der Wirt grinste. „Könnte doch deine Tochter sein, wie?"
Ela legte eine Mark auf die Platte. „Reicht das?"
„Da kriegst du noch die Hälfte wieder. Ich bin immer ehrlich", erklärte der Wirt und mußte über sich selbst lachen. Ela steckte das Geld ein und hob den Hörer ab.
Wie nebenbei fragte die Kellnerin: „Wen willst du denn eigentlich so dringend anrufen, Kind?"
„Die Polizei!"
Sie hatte nicht geschrien, sie hatte auch nicht sehr laut gesprochen, aber es war so, als hätte eine Bombe eingeschlagen, denn der Wirt und auch die Gäste reagierten auf das Wort Poli-

zei allergisch. So schnell wie in diesem Augenblick hatte der Mann hinter der Theke sich noch nie bewegt. Er riß den Apparat an sich.

„Die Bullen?“ brüllte er.

„Ja, aber...“

„Kein aber, Mädchen. Hier ruft niemand die Bullen an. Die wollen wir nämlich nicht hier haben, verstehst du?“

„Es geht aber um viel. Ich muß die Polizei anrufen! Ich muß!“ Sie trat hart mit dem rechten Fuß auf.

„Nicht bei mir!“

„Bravo, Charly, bravo!“ Mit beiden Händen klatschend standen zwei neue Gäste in der Kneipe.

Für Ela, die sich umdrehte, waren es alte Bekannte:

Erwin Ziegenbein und Paule Maurer!

8. Wer ist der Schatten?

Der scharfe, helle Strahl blendete Randy und Frau Lindemann. Sie konnten die Augen nicht geöffnet halten. Randy hörte das scharfe, aber leise Zischen der Frau. „Das ist er! Das ist der Mann, der alles haben will!“

Der Unbekannte hatte sie trotzdem verstanden. „Und der alles auch bekommen wird!“ erklärte er mit einer so heiseren Stimme, daß nicht einmal herauszuhören war, ob ein junger oder ein alter Mensch gesprochen hatte.

Randy spürte Frau Lindemanns Hand an seinem Ellbogen. Sie hielt ihn fest umklammert und atmete heftig. Reden konnte sie nicht mehr. Irgend etwas erstickte ihre Stimme.

Auch der Junge hatte Angst. Er riß sich zusammen, um Frau Lindemann helfen zu können. Das war alles zuviel für sie gewesen.

„Ich... ich schaffe es bald nicht mehr..." Sie schwankte. „Es ist alles so schrecklich..."

Der Mann blendete sie noch immer. Nicht um einen Millimeter rückte der Lichtkegel zur Seite. „Ich will den Aktenkoffer!"

Randy antwortete schnell. „Das hat keinen Sinn. Ich habe die Verträge zerrissen!"

„Was hast du?"

„Ja, zerrissen!"

Er hörte einen Fluch. Dann die Frage an Maria Lindemann. „Stimmt das?"

Sie nickte.

Für wenige Sekunden blieb es still. Der Unbekannte, nur als Schatten zu erkennen, dachte wohl darüber nach, was er tun sollte. Auch Randy überlegte. Er mußte einen Ausweg finden. Ob der Kerl bewaffnet war, wußte er nicht. Vielleicht sollte er es riskieren und ihn angreifen. Das war natürlich ein großes Risiko, außerdem mußte er auf Frau Lindemann Rücksicht nehmen.

Sie hörten den Kerl hinter der Lampe scharf atmen. Das Krächzen in der Stimme blieb. „Wenn das tatsächlich stimmt, daß die Verträge zerrissen sind, werde ich andere Seiten aufziehen. Dann werdet ihr eures Lebens nicht mehr froh."

„Was soll das denn alles bedeuten? Was wollen Sie?" Randy mußte herausbekommen, was der andere vorhatte. Da steckte doch noch mehr dahinter.

„Ich will alles haben, versteht ihr? Ich will, daß mir das Haus und das Grundstück überschrieben werden."

„Um es zu verkaufen?"

„Genau. Ich will es an einen anderen Partner verkaufen, denn die Lage ist sehr günstig."

„Für einen Supermarkt, zum Beispiel, oder?" höhnte Randy.

„Richtig."

„Nein!“ rief Frau Lindemann dazwischen. „Es wird keinen Supermarkt dort geben. Sie können machen, was Sie wollen.“

Ihren Worten folgte das schallende Gelächter des Kerls. Es schüttelte ihn vor Lachen. Randy erkannte einen hellen Schatten. Wenn ihn nicht alles täuschte, war das ein Stück eines hellen Mantels.

„Der Supermarkt wird dort gebaut werden. Wenn nicht heute, dann eben an einem anderen Tag. Darauf können Sie sich verlassen. Ich habe lange gebraucht, um alles in die Wege zu leiten. Ich gebe nicht auf.“

„Und was wollen Sie tun?“

Der Unbekannte lachte. „Du und deine Freunde habt euch zu weit vorgewagt.“

„Ach ja?“

„Sicher. Deshalb werdet ihr auch die Konsequenzen tragen müssen. Frau Lindemann ist mir lieb und teuer, aber du auch, du kleiner Spinner. Ich werde dich als Geisel nehmen. Ich werde dir schon zeigen, wo es langgeht. Ich werde ...“

Plötzlich war da etwas. Der Mann sprach nicht mehr weiter. Auch Randy hatte dieses Zucken bemerkt, das links von ihm die Dunkelheit für einen Moment erhellte.

„Schnell weg!“ zischte er Frau Lindemann zu. Er stieß sie zur Seite, um selbst vorspringen zu können.

Der Schatten fluchte. Seine Lampe bewegte sich hektisch, und Randy hechtete direkt auf ihn zu. Er hatte die Arme ausgestreckt, das Licht blendete ihn, und schlug mit beiden Händen zu.

Offenbar hatte er getroffen. Irgendwie erwischte er sogar die Lampe mit den Knöcheln, aber er konnte sie nicht so weit zur Seite stoßen, um nicht mehr geblendet zu werden.

„He, Randy, was ist?“

Turbos Stimme drang durch die Halle. Dann klangen Schritte auf.

Randy schlug mit beiden Fäusten auf den Schatten ein. Der Mann wehrte sich jetzt und landete einen Treffer.

An Randys Kopf explodierte etwas. Die harte Kante der Ta-

schenlampe hatte ihn voll getroffen. Randy spürte, wie an der Stirn die Haut aufriß.

Der Schmerz fraß sich in seinen Kopf. Instinktiv streckte Randy beide Arme aus, um seinen Sturz abzufangen. Er prallte dabei gegen die Kante einer der Verkaufstheken. Dann hörte er noch die Stimme seines Freundes, der schrie: „Stehenbleiben! Los, bleiben Sie stehen!"

Dem Ruf folgte ein grelles Gelächter. Irgendwo knallte eine Tür zu, danach waren nur mehr hastige Schritte zu hören.

Randy hing über der Verkaufstheke. In seinem Kopf hämmerte ein Mini-Bergwerk. Er stöhnte laut auf, als ihn zwei Hände packten und von der Theke wegzogen.

„He, willst du dich ausruhen?"

Randy stieß die Luft aus. „Ausruhen ist gut, Mann. Da bin ich jemandem im Weg gestanden. Es hat mich voll erwischt."

„Wo denn?"

„Am Kopf, Mensch."

„Auch das noch."

„Was ist denn mit Frau Lindemann?" fragte Randy.

„Die steht draußen, glaube ich."

„Und der andere?"

Da mußte Turbo lachen. „Meinst du etwa diesen komischen Schatten mit der Lampe?"

„Genau den!"

„Der ist weg."

„Laß mich mal los", sagte Randy stöhnend. Er hielt sich den Kopf und preßte zwei Finger gegen die Stirn, als könnte er die Schmerzen ableiten. Er befühlte die Stelle, wo ihn der Treffer erwischt hatte. Da war die Haut aufgeplatzt, und Blut rann die Stirn hinunter.

„Komm erst mal raus hier!" Turbo zog Randy zur Seite, der noch zögerte.

„Was ist mit dem Koffer?"

„Weiß ich doch nicht."

„Hoffentlich hat ihn Frau Lindemann mitgenommen."

„Das kann sein."

Auch die beiden Jungen verließen die Halle. Turbo berichtete schnell, was Ela und ihm widerfahren war, und Randy bekam natürlich einen zweiten Schreck.

„Und du hast sie einfach laufen lassen?"

„Ja, das war am besten."

„Wird sich ja herausstellen."

Randy schwankte leicht, als er durch die Tür ins Freie schritt. Er kniff die Augen zusammen, mußte sich erst wieder an das Tageslicht gewöhnen.

Maria Lindemann war noch da. Sie stand neben ihrem Wagen, hatte den Aktenkoffer auf das Dach gelegt und wischte sich mit einem Taschentuch die Augen trocken. Als sie die blutende Wunde an Randys Stirn sah, holte sie ein Pflaster aus dem Verbandskasten im Wagen und klebte es sorgfältig über den Riß.

„Das ist gerade noch einmal gutgegangen", sagte sie dann und lehnte sich an die Wagentür. „Aber wir haben nichts gewonnen, denn jetzt wird alles von vorn beginnen."

„Nein, Frau Lindemann, das glaube ich nicht."

„Wieso nicht, Randy?"

„Weil wir die Polizei einschalten werden. Wenn wir eine Beschreibung der Kerle geben, werden die Polizisten diese schon finden. Davon bin ich überzeugt."

Frau Lindemann nickte, während sie über das Wagendach hinweg ins Leere schaute. „Dabei weiß ich noch immer nicht, wer der Mann war, der mir die Verträge ..."

„Das passiert nicht mehr", unterbrach Turbo die Frau. „Die haben keine Chance mehr. Die werden keine Drinks mehr vergiften. Es wird kein Gift mehr im Tante-Emma-Laden geben."

„Wenn du das sagst."

„Meine ich!"

„Na ja." Sie zog ihren Aktenkoffer vom Autodach. „Aber wo steckt eure Freundin?"

Da hatte sie einen schwachen Punkt angesprochen. Randy sagte: „Das möchten wir auch gern wissen."

„Ich habe sie losgeschickt, die Polizei zu alarmieren", antwortete Turbo.

„Wann denn?"

„Na ja, vor einer Viertelstunde oder länger."

Frau Lindemann schüttelte den Kopf. „Himmel, wenn das wirklich stimmt, müßte sie schon zurück sein, und zwar mit der Polizei. Oder liege ich da falsch."

Die Freunde schauten sich an, sie nickten.

„Ja, da haben Sie eigentlich recht, Frau Lindemann. Man hört und sieht nichts."

„Ich schätze, wir sollten selbst zur Polizei fahren. Oder habt ihr einen anderen Vorschlag?"

„Ela", murmelte Turbo.

Vor Wut ballte Randy die Hände. „Ob sie den Kerlen in die Arme gelaufen ist?"

„Die hatten ein Auto, waren also schneller."

„O Gott", flüsterte Frau Lindemann. „Alles bitte, nur das nicht. Wäre es denn möglich gewesen?"

„Ja, möglich ist alles."

„Dann steigt ein. Ich werde euch fahren. Wir müssen alle Hebel in Bewegung setzen, um Ela zu finden, und diese Verbrecher stoppen."

Die alte Dame entwickelte eine Aktivität, die schon an ein Wunder grenzte.

Randy setzte sich neben sie. Zuvor hatte er Turbo einsteigen lassen, der nach hinten kletterte.

„Nein", sagte Frau Lindemann mit fester Stimme, als sie den Schlüssel in das Zündschloß steckte. „Nein, ich werde nicht aufgeben. Ich werde auch den Vertrag nicht unterschreiben, darauf könnt ihr wetten. Ich lasse mir den Laden nicht wegnehmen..."

„Und Ihr Sohn?"

Sie hob die Schultern und fuhr an. „Weißt du, Randy, wenn ich ehrlich sein soll, ist er kein Geschäftsmann, und Reichtümer kannst du in einem derart kleinen Geschäft wirklich nicht erwerben. Es langte gerade für mich, um über die Runden zu kommen. Das ist leider so, die großen Supermärkte haben alles kaputtgemacht."

„Dann wollen Sie doch irgendwann verkaufen?"

„Ja, aber erst wenn ich nicht mehr kann oder wenn kein Kunde mehr kommt. Thomas, mein Sohn, hat seinen Beruf."

„Aber er hilft Ihnen doch?"

„Klar. Nur hat er keinen Spaß an der Sache. Wie dem auch sei, ich muß mich damit abfinden."

Sie hatten das Gelände mittlerweile verlassen. Schon erschienen die Bahngleise, und auch die grauen Fassaden der

Häuser rückten näher. Randy und Turbo gaben höllisch acht, denn sie suchten natürlich nach Ela; aber sie entdeckten sie nicht. Auch dann nicht, als Frau Lindemann in die Straße einbog, an der die kasernenähnlichen Wohnblocks standen.

Sie sahen spielende Kinder. Randy hatte vor, sie nach Ela zu fragen, da waren sie schon vorbei.

Sie rollten an einem Trödelladen vorüber, vor dem ein alter Mann saß und einen Korb flocht. Einige Meter weiter befand sich eine Kneipe. In der Nähe parkten Autos am Straßenrand.

„Da!" rief Turbo plötzlich. „Da ist er!"

„Wer?"

„Der Caravan der Ganoven!"

Frau Lindemann reagierte sofort. „Soll ich bremsen?"

„Klar. Aber fahren Sie erst ein Stück weiter, bitte."

„Mach ich alles."

In gespannter Haltung hockten die Jungen auf ihren Sitzen. Randy schnallte sich los, kaum daß der Wagen stand. Er hatte es besser als Turbo, der sich aus dem Fond quälen mußte.

„Was soll ich jetzt tun?" fragte Frau Lindemann.

Randy schaute über den Wagen hinweg zu dem parkenden Caravan. „Ich habe das Gefühl, daß die beiden Kerle sich in der Kneipe da versteckt halten."

„Hast du Ela vergessen?" fragte Turbo.

„Nein, bestimmt nicht." Er schüttelte den Kopf. „Aber ich kann mir vorstellen, daß auch sie..."

„In der Kneipe?"

„Ja. Denn von dort kann man auch telefonieren."

Turbo schlug die Hände über dem Kopf zusammen. „Hoffentlich hast du unrecht."

„Das wünsche ich mir auch."

„Ich fahre auf jeden Fall zur Polizei!" rief Frau Lindemann aus dem Wagen heraus.

Die Jungen hielt nichts mehr. Sie gingen schnell über die Straße, rannten allerdings nicht, weil sie kein Aufsehen erregen wollten. Frau Lindemann schaute ihnen nach. „Wenn das nur gutgeht", flüsterte sie. „Wenn das nur alles so klappt..."

Die zwei vom Schloß-Trio hatten inzwischen die andere Straßenseite erreicht.

Turbo wollte auf Nummer Sicher gehen und schaute sich den Wagen noch einmal an. Mit dem Zeigefinger deutete er auf die Motorhaube. „Das ist er, Randy. Da hast du den Beweis. Die Beule ist noch zu sehen. Da hat ihn die Kiste mit der Kante erwischt."

Randy nickte, war aber mit seinen Gedanken woanders. „Ich frage mich nur, was die Typen hier in der Kneipe wollen?"

Turbo mußte lachen. „Schau, die heißt Käfig." Er deutete auf das Schild über der Tür.

„Sehr komisch."

„Willst du lieber abwarten?"

Randy schüttelte den Kopf. „Nein!" erklärte er mit fester Stimme. „Wir beide werden jetzt in das kalte Wasser springen. Darauf kannst du dich verlassen!"

Turbo grinste. „Schwimmen kannst du doch, oder?"

„Das hoffe ich", erwiderte Randy und ging auf den Eingang zu. Wohl fühte er sich dabei nicht. Er hatte das gleiche Gefühl wie vor einer Klassenarbeit, für die er nicht gelernt hatte. Oder noch ein bißchen schlimmer...

9. Die Jagd beginnt

Am Wochenende war auch auf der Polizeiwache nicht viel los, das hatte Alfred schon bei seinem Eintritt festgestellt. Ziemlich skeptisch schauten ihn die Beamten an.

„Wer ist der Leiter der Dienststelle?" fragte er.

„Sitzt nebenan. Um was geht es denn?"

„Das sage ich ihm selbst."

Der Beamte lachte. „Könnte ja jeder kommen. Sagen Sie erst mal Ihren Namen."

„Alfred Meier, und jetzt..."

Der Polizist wollte ein Protkoll aufnehmen, aber die Tür zum Nebenzimmer wurde aufgestoßen, und ein grauhaariger Mann betrat den Raum. In der rechten Hand hielt er eine Thermoskanne mit Kaffee. „Wollt ihr noch einen Schluck?" fragte er.

„Nein, Herr Lindig, aber hier ist..."

Hauptwachtmeister Lindig hatte sich schon umgedreht. Er sah Alfred und lachte. „Meine Güte, Herr Meier, was machen Sie denn hier?"

„Ich wollte mit Ihnen reden. Es drängt."

„Dann kommen Sie mal mit."

Die beiden anderen Polizisten schauten mit offenen Mündern zu, wie die beiden Männer in Lindigs Dienstzimmer verschwanden, wo Alfred ein Platz angeboten wurde.

„Auch einen Kaffee, Herr Meier?"

„Gern."

Herr Lindig holte eine saubere Tasse. Er war ein großer Mann, ziemlich hager, und er trug eine Brille mit nur halben Gläsern, die er nur zum Lesen brauchte. Die Männer nahmen erst einmal einen Schluck Kaffee. Sie waren sich schon einige Male begegnet, und Herr Lindig war auch über das Schloß-Trio informiert, deshalb fragte er sofort: „Haben Ihre jungen Freunde mal wieder etwas angestellt?"

„Das kann man so nicht sagen."

Der Polizist schlürfte den zweiten Schluck. „Dann sitzen sie mal wieder in der Tinte."

„Da könnten Sie recht haben. Ich will es Ihnen erzählen. Es geht um die Sahnedrinks..."

„Die vergiftet worden sind?"

„So ist es."

Herr Lindig pfiff durch die Zähne. „Ich glaube, ich muß mir mal meine Jacke überstreifen. Wenn mich nicht alles täuscht, geht es hier um größere Dinge."

„Da könnten Sie recht haben!“

In den nächsten Minuten spulte Alfred seinen Bericht ab und hatte auch nichts dagegen, daß seine Aussage auf Band aufgenommen wurde. Der Hauptwachtmeister bekam große Augen und schrieb einen Teil der Aussage mit, als Alfred damit begann, den Kerl mit dem Ziegenbart zu beschreiben. Plötzlich stutzte der Polizist.

„Noch einmal, Herr Meier.“

Alfred beschrieb den Mann noch einmal, der Hauptwachtmeister hörte sehr genau zu und nickte dann.

„Ist was?“

Herr Lindigs Gesicht verzog sich zu einem breiten Grinsen. Eine Spur Triumph lag darin. „Und ob etwas ist“, erwiderte er. „Stellen Sie sich vor, ich kenne den Mann. Der ist aktenkundig. Ich war sogar an seiner Verhaftung vor zwei Jahren beteiligt. Selbst leiert er nicht die ganz großen Dinger an, hinter ihm steht immer ein Boß, aber ich weiß über ihn Bescheid.“

„Okay, und wie heißt der Knabe?“

„Erwin Ziegenbein. Man nennt ihn auch Ziege.“

Alfred schlug mit der Faust auf den Tisch. „Das ist stark, das ist echt ein Hammer.“

„Finde ich auch. Und jetzt hören Sie zu. Soviel mir bekannt ist, arbeitet Ziege mit einem Kumpel zusammen. Er heißt Paule Maurer, stammt aus dem Ruhrgebiet und hat sich in die Rheingegend abgesetzt. Die beiden bilden ein Team.“

„Wo wohnen die denn?“

„Das kriegen wir heraus, Herr Meier. Ist im Moment nicht so wichtig. Es gibt in der Nähe des Großmarkts eine Kneipe, die heißt Käfig. So ein Ganovenlokal, was den Typen natürlich sehr entgegenkommt. Da finden sie ihre Kumpane, und da sind sie unter sich.“

„Sie meinen also, daß wir sie da finden?“

„Aber sicher.“ Herr Lindig schaute auf die Uhr. „Die beiden anderen Kollegen müssen jeden Augenblick von ihrer Streife zurückkehren. Wir können sofort fahren.“ Jetzt zog Herr Lindig sich tatsächlich seine Uniformjacke über.

Alfred war beruhigt, gerade an ihn geraten zu sein. Lindig handelte schnell und kompromißlos. Er gab den Kollegen im Vorraum Bescheid, und als die anderen beiden erschienen – sie waren sehr pünktlich –, ging es sofort los.

„Wohin, Herr Hauptwachtmeister?“ fragte der eine Streifenpolizist.

„In den Käfig.“

„Oh!“

Herr Lindig stellte Alfred den beiden Kollegen vor und informierte die Zentrale.

Als Alfred zusammen mit den drei Polizisten im Streifenwagen saß, stellte er fest, daß er feuchte Hände bekommen hatte. Das passierte ihm eigentlich nur, wenn sich etwas Gefährliches zusammenbraute...

10. In der Höhle des Löwen

Als die beiden Jungen die Kneipe betraten, regte sich in ihren Gesichtern kein Muskel. Nur die Augen lebten. Sie schauten sich um, ohne allerdings etwas Genaues erkennen zu können. Von Ela keine Spur.

Der Raum war von Rauch vernebelt. Da konnten kaum die Fliegen überleben. Randy wunderte sich, wie man sich in solchem Qualm wohlfühlen konnte.

Die Theke war voll besetzt. Hinter ihr hantierte ein dicker Wirt, eine Kellnerin gab es auch, die aber wenig zu tun hatte. An einem der Tische saßen nur zwei Gäste und starrten trübe in ihre Gläser. An die Wände waren Käfigstangen gemalt.

Die Jungen waren nicht unbemerkt geblieben. Einige Gäste an der Theke drehten sich gemächlich um. Freundlich wurden die Jungen nicht gemustert.

„Hier möchte ich keine Stunde bleiben", flüsterte Turbo.

„Frag mich mal."

„Hast du was von Ela entdeckt?"

„Keine Spur, aber es gibt da eine Tür – zu einem Hinterzimmer, nehme ich an."

„Und du meinst, daß sie dort..."

„Weiß ich doch nicht."

„Und unsere Freunde sind auch nicht da, obwohl ihr Wagen vor der Tür steht. Hier stimmt doch einiges nicht."

Sie hatten die Theke erreicht, wo es tatsächlich noch einen Platz gab. Das war neben der Kellnerin Rita, wo auch Ela Schröder gestanden hatte.

Rita verzog die Mundwinkel, bevor sie fragte: „Habt ihr euch auch verlaufen?"

„Wieso auch?"

„Halt deine Klappe!" fuhr der Wirt dazwischen und schaute die Freunde an. „Was wollt ihr?"

„Limo."

„Hier gibt es nur Bier. Außerdem passen mir eure dämlichen Gesichter nicht."

Die Abfuhr war klar. Normalerweise wären Randy und Turbo auch gegangen, aber sie mußten durchhalten.

„Wir suchen ein Mädchen", sagte Turbo.

Der Wirt bekam einen stechenden Blick. „Außer Rita, der Kellnerin, gibt es hier kein weibliches Wesen."

„War auch niemand hier?"

„Nein."

Jetzt war Randy an der Reihe. „Eine Freundin von uns. Sie ist dunkelhaarig und hat..."

Der Wirt beugte sich vor. Dabei schnaufte er stark. „Noch eine dumme Frage, Junge, und du lernst das Fliegen. Ich hasse es, wenn man mir blöde Fragen stellt."

Randy blieb stur. „Sie können doch ja oder nein sagen."

„Ich sage überhaupt nichts."

Als der Mann die rechte Pranke zur Faust ballte, lenkte Randy ein. „Klar, schon gut, war nur eine Frage."

„Dann haut endlich ab."

Wie nebenbei fragte Turbo, der schräg hinter Randy stand und die Gäste beobachtete. „Wir kennen die beiden Männer, denen der alte Caravan da draußen gehört. Wo stecken die denn?"

„Seht ihr sie?"

„Nein, aber sie waren bestimmt hier."

„Keiner."

Rita stieß Turbo so an, daß es niemand merkte. Und als sie nickte, wies sie dabei auf die zweite Tür, hinter der die Jungen das Hinterzimmer vermuteten. Turbo hatte begriffen. „Gibt es einen Hof und ein Fenster?" fragte er leise.

„Ja", antwortete Rita ebenso unauffällig.

„Komm, Randy", sagte er dann so laut, daß ihn auch der Wirt verstehen konnte. „Es hat keinen Sinn, wir suchen woanders."

„Meine ich auch."

Die Gäste hatten sich nicht weiter um sie gekümmert. Der Wirt aber schaute ihnen lauernd nach. Draußen wollte sich Randy über den seiner Meinung nach zu frühen Abzug beschweren, aber Turbo ließ ihn nicht zu Wort kommen.

„Ich weiß, wo sie stecken?"

„Echt?"

„Ja, in diesem Hinterzimmer. Die Kellnerin hat genau in diese Richtung genickt."

„Mann, das ist stark."

Turbo grinste. „Finde ich auch."

„Und weshalb sind wir gegangen?"

„Weil wir durch die Hintertür kommen werden. Da gibt es einen Hof. Das hat mir die Kellnerin auch zugeflüstert."

„Mann, hast du Chancen."

„Immer doch."

Randy schaute sich um. „Wie kommen wir denn dorthin?"

Turbo hatte den Weg bereits gefunden. Er faßte Randy am Arm und zog ihn kurzerhand mit. „Ich habe eine offene Haustür gesehen. Der Flur in diesem Haus führt bestimmt bis auf den Hinterhof."

„Hoffentlich." Randy warf noch einen letzten Blick auf Frau Lindemanns Käfer. Er parkte an der gleichen Stelle, wo sie den Wagen verlassen hatten. Warum war sie nun doch nicht zur Polizei gefahren? Randy machte sich Sorgen.

Bevor er etwas sagen konnte, hatte Turbo die Haustür bereits geöffnet. Sie betraten einen engen, muffigen und staubigen Flur, einen langen Gang, der im Halbdunkel verschwand. An seinem Ende konnten sie schwach den Umriß einer Tür erkennen.

„Da müssen wir hin!"

Turbo probierte die Klinke und freute sich, daß die Tür nicht abgeschlossen war. Behutsam zog er sie auf, zuckte aber zusammen, als er die quietschenden Laute hörte.

„Die schreit nach Öl!" flüsterte Randy. Neben Turbo steckte er seinen Kopf ins Freie, um zu sehen, wo sie gelandet waren.

Freundlich sah der Hinterhof nicht aus. Manche verwendeten ihn offensichtlich als Müllkippe. Was da herumstand und lag, ging auf keine Kuhhaut. Abgesehen von überquellenden Mülltonnen, rosteten zwei demontierte Fahrräder und ein Moped vor sich hin. Über den breiten Tisch, der mitten im Hof stand, wunderten sie sich auch. Wahrscheinlich feierten die Bewohner manchmal ein Fest.

Auch die Rückseiten der Häuser waren verschmutzt. Die Fenster unterschieden sich kaum von der Fassade, denn auch an den Scheiben klebte der Dreck.

„Teufel, ist das eine Gegend." Turbo schüttelte den Kopf und deutete nach rechts.

In dieser Richtung lag die Kneipe. Aus einem Luftschacht in der Wand stank es unangenehm. Das Dach eines Anbaus stand wie ein dicker, kantiger Klotz von der Hauswand ab.

„Das ist das Hinterzimmer!" wisperte Turbo.

„Ohne Fenster?"

„Vielleicht auf der anderen Seite." Der Junge lief bereits vor und bemühte sich, so leise wie möglich aufzutreten. Ob sie aus anderen Fenstern beobachtet wurden, war nicht zu erkennen. Das interessierte sie auch nicht, denn sie hielten sich im Schatten der anderen Hausmauern.

Der Anbau war aus schmutzigem Beton, der bereits einige Risse zeigte. Turbo hatte das Fenster als erster entdeckt. Er winkte seinem Freund hastig zu.

Neben der Öffnung an der Frontseite des Anbaus blieb er stehen und wartete auf Randy. Turbos Gesicht wirkte angespannt.

„Hast du schon durchgeschaut?"
Turbo schluckte. „Nein."
„Warum nicht?"
„Irgendwie habe ich Angst."
„Wegen Ela?"
„Auch."
„Egal, ich mache es." Randy zitterte ebenfalls. Er schlich an Turbo vorbei und duckte sich unter das Fenster. Es besaß so gut wie kein Fensterbrett. Ein altes, brüchig aussehendes Kreuz aus Holz hielt die Scheibe zusammen.

Natürlich war sie schmutzig, von außen ebenso wie von innen. Aber im Raum brannte Licht. Eine nackte Glühbirne baumelte von der Decke, die den Raum allerdings nicht völlig ausleuchtete.

Ein viereckiger Tisch war darunter, umringt von vier Stühlen, von denen zwei besetzt waren.

Turbo, der sich neben Randy in die Höhe geschoben hatte und ebenfalls durch das Fenster schaute, bekam große Augen. „Das sind die beiden. Ja, das sind sie."

„Und da ist Ela!" sagte Randy mit Zitterstimme. Das Mädchen hockte in einer Ecke auf dem schmutzigen Fußboden, die Beine angezogen und die Hände um ihre Knie geschlungen. Sie starrte die beiden Kerle an. Ihr Gesicht sah so aus, als hätte sie geweint.

„Wenn die Ela etwas angetan haben, dann..."

„Ruhig", sagte Turbo. „Ruhig..." Er schaute sich um. Der Hof war leer. Niemand war ihnen nachgekommen. „Wir müssen uns überlegen, was wir unternehmen sollen, um Ela zu befreien."

„Die Scheibe einhauen und rein."

„Klar. Aber was machen die Typen?"

Randy gab keine Antwort. Der dicke Kerl war aufgestanden und zu Ela hinübergegangen. Sie schaute ängstlich zu ihm auf, als er sie ansprach.

Was der Mann redete, war für Turbo und Randy nicht zu verstehen. Sie bekamen nur mit, wie das Mädchen den Kopf schüttelte. Das schien dem Kerl nicht zu gefallen. Er beugte sich nieder, zerrte Ela hoch und stieß sie mit dem Rücken gegen die Wand.

Randy konnte das nicht mit ansehen. Er hielt nach einem Gegenstand Ausschau, mit dem er die Scheibe einschlagen konnte. Alles andere war ihm jetzt egal.

Zum Glück fand er einen handlichen Stein. „Wenn der Hundesohn noch einmal ..."

„Nicht doch", flüsterte Turbo, der die Ruhe behielt. Er machte Randy darauf aufmerksam, daß die Tür des Hinterzimmers geöffnet wurde. Der Wirt erschien dort.

Ziege stand sofort auf und ging zu ihm. Der Wirt sprach mit dem Ganoven. Einige Male deutete er nach hinten, in Richtung Lokal.

„Der redet über uns!" flüsterte Turbo.

„Bestimmt."

Der Wirt ballte die rechte Hand zur Faust und schlug damit in seine linke Handfläche. Dann sprach er plötzlich so laut, daß die Jungen seine Worte verstanden.

„Verdammt noch mal, ich will nicht, daß ihr in meinem Lokal bleibt. Das ist mir zu gefährlich." Er faßte an seine breite Nase. „Ich habe nämlich gerochen, daß bald die Bullen erscheinen werden. Und das ist noch immer meine Kneipe."

„Ja!" schrie Ziege. „Wir hauen schon ab!"

„Nehmt die Göre mit!"

„Machen wir!"

Die „Göre" aber war schlau gewesen. Während die drei miteinander stritten, hatte sich Ela unmerklich dem Fenster genähert. Randy und Turbo bekamen es genau mit.

Zugleich schossen sie in die Höhe.

Für Ela mußten sie wirken wie Gespenster, als ihre Gesichter plötzlich hinter der Scheibe auftauchten. Sie starrte die Jungen an und sah auch die heftigen Handbewegungen der beiden, die ihr Zeichen machten, das Fenster zu öffnen.

Ela Schröder begriff. Sie brauchte nur noch einen Schritt zurückzulegen, um den Griff fassen zu können. Sie drehte ihn herum und hätte das Fenster beinahe offen gehabt, als Ziege einen Wutschrei ausstieß.

Ela hätte es nicht geschafft, der Rahmen klemmte, und Erwin Ziegenbein startete bereits.

Da warf Randy den Stein.

Die Scheibe zerplatzte. Es klirrte kaum. Randy war sich des Risikos bewußt: Ela hätte durch die Splitter verletzt werden könne. Aber sie hatte Glück. Kein Glasstück traf ihr Gesicht.

Der Stein hatte die Scheibe zerschlagen, aber noch hatte er an Wucht nicht verloren.

Erwin Ziegenbein versuchte auszuweichen – vergebens. Dicht unter seinem Hals prallte der Stein auf seine Brust und brachte ihn ins Taumeln. Ziegenbein fiel über den Tisch. Er schrie vor Wut, während Ela am Fenstergriff zerrte.

Dann riß sie es auf!

„Raus mit dir!“ schrie Randy und streckte ihr die Hände entgegen.

Randy half Ela nach draußen. Jetzt kam es auf Turbo an.

Paule Maurer rannte los. Da hatte Turbo sich bereits hochgeschwungen und war mit geschmeidigen Bewegungen durch die Öffnung geklettert.

Geschickt wich der Junge Paule aus. Noch in der Bewegung schnappte er sich einen der Stühle, wuchtete ihn hoch und setzte zum Ellerbecker Rundschlag an, wie er das immer nannte.

Der Stuhl flog Paule Maurer um die Ohren. Maurer ruderte mit den Armen. Erst die Wand hielt ihn auf.

Ziege war inzwischen wieder einigermaßen auf dem Damm. „Wir hätten dich zu Ketchup fahren sollen!“ keuchte er, packte den Tisch und ging damit auf Turbo los.

Der Junge gratulierte sich dazu, Karate und Judo trainiert zu haben. Blitzschnell wich er aus, ergriff den zweiten Stuhl und warf ihn Ziege zwischen die Beine. Da bemerkte er aus dem Augenwinkel, daß der Wirt seltsam unbeteiligt geblieben war.

Er stand auf der Schwelle, als hätte man ihn dort festgeleimt. Vom Hof hörte Turbo jetzt Stimmen, das Wort „Polizei“ wurde geschrien. Da tauchte hinter dem Wirt schon ein Beamter auf. Er hatte seine Dienstpistole gezogen. In der Begleitung des Mannes befand sich jemand, den Turbo sehr gut kannte.

Es war Alfred!

Durch das Fenster stiegen zwei weitere Polizisten ein. Sie winkten bereits mit den Handschellen, die den beiden Ganoven Sekunden später umgelegt wurden.

Der Wirt ging leer aus.

In der Kneipe trafen sich alle wieder. Und jeder wunderte sich darüber, wie leer der Raum plötzlich geworden war. Sämtliche Gäste hatten ihn fluchtartig verlassen. Die Polizei wirkte auf sie wie ein rotes Tuch.

Als Ela und Randy ineinandergehakt den Raum betraten, schüttelte Alfred nur den Kopf. „Ihr macht vielleicht Sachen, Kinder..."

„Du nicht?" fragte Randy.

„Wieso?"

„Hättest du nicht im Krankenhaus liegen müssen?"

„Davon war nie die Rede", antwortete Alfred grinsend. „Und außerdem haben mir die Krankenschwestern nicht gefallen..."

Hauptwachtmeister Lindig hatte die Ganoven erst mit aufs Revier nehmen wollen, sich dann aber überreden lassen, die beiden gleich zu verhören. Da waren ja noch ein paar Fragen offen. Außerdem sollte Frau Lindemann dabei sein. Ela und Randy gingen nach draußen, um sie zu holen.

Frau Lindemann stieg gerade aus ihrem Käfer.

„Meine Güte, bin ich froh, daß es dir gutgeht, Kind!" rief sie Ela entgegen.

„Hat eben nicht alles so geklappt."

„Und was ist mit den Männern?"

„Tragen Handschellen", erklärte Randy.

„Das ist gut."

Frau Lindemann bekam große Augen, als sie Alfred in der Kneipe entdeckte. Sie war doch noch losgefahren, war aber auf halbem Weg umgekehrt, als ihr der Streifenwagen entgegenkam. Erleichtert hatte sie das Polizeiauto vor dem *Käfig* halten sehen. Aber Alfred sollte doch im Krankenhaus sein?!

„Da sind wir ja wieder zusammen“, sagte sie, nachdem Randy sie über den Stand der Dinge informiert hatte.

„Ja, aber ohne Sahnedrink.“

Sie nickte.

„Möchten Sie denn etwas trinken?“ fragte Rita aus dem Hintergrund. Ihr Chef hielt lieber den Mund.

„Ein Wasser, wenn möglich.“

„Wird erledigt.“

Ziege und Paule Maurer lehnten an der Wand, genau zwischen zwei Käfigstangen. Da standen sie eigentlich richtig. Alfred stellte die erste Frage.

„Habt ihr die Drinks vergiftet?“

„Wir wissen von nichts.“

„Hört auf zu lügen. Man wird den Platz hinter Frau Lindemanns Geschäft untersuchen und Spuren von eurem Wagen finden. Hinzu kommt eine Entführung, sogar ein Mordversuch an Turbo, wie er mir vorhin erzählte, das reicht fast für den Rest eures Lebens aus. Ich möchte nicht in eurer Haut stecken. Der andere, euer Chef, der euch angestiftet hat, lacht sich ins Fäustchen.“

Die Kerle senkten stumm die Köpfe.

„Wie heißt er denn?“ fragte Herr Lindig.

„Keine Ahnung.“ Maurer antwortete. „Wir haben ihn nur Chef genannt. Wenn er uns anrief, hat er auch seine Stimme verfremdet. Die klang so krächzend und elektronisch verzerrt.“

„Wie bei uns“, flüsterte Randy.

„Was wolltet ihr mit dem Mädchen?“

„Sie schnüffelte uns nach.“

„Da habt ihr sie als Geisel genommen.“

„Nein“, sagte Paule. „Wir haben ja nicht mal die Tür abgesperrt. Jedenfalls wollte der Chef drei Tante-Emma-Läden haben. Die Besitzer sind ja gewarnt worden und wollten nicht hören. Sie hätten schon längst verkaufen können. Als sie das nicht taten, haben wir die Sahnedrinks präpariert. Wir stießen eine Spritze durch den Deckel und pumpten das Zeug in die Masse hinein. Das war alles."

Hauptwachtmeister Lindig regte sich auf. „Was ihr damit anrichten konntet, darüber habt ihr nicht nachgedacht, wie?"

„Nein. Der Chef sagte, daß es harmlos sein würde."

Alfred nickte. „Ja, das habe ich gemerkt."

Herr Lindig schaute auf seine Uhr. „Ich bin der Ansicht, daß wir das Verhör auf dem Revier fortsetzen sollten. Abführen!"

Der Befehl galt den beiden Wachtmeistern, die sich der Ganoven annahmen. Mit gesenkten Köpfen trotteten Paule Maurer und Erwin Ziegenbein aus dem Lokal.

„Ich werde mit Ihnen fahren", sagte Alfred.

„Gut, Sie können dabei sein, Herr Meier."

„Und was ist mit euch?" wandte sich Alfred an die Freunde.

Ela hob die Schultern, Randy schaute zu Boden, nur Turbo meinte: „Wir könnten ja Frau Lindemann nach Hause bringen. Ich kann mir denken, daß sie nicht allein sein will. Wir sollten dann auch Randys und Elas Eltern anrufen."

„Das habe ich bereits auf der Fahrt vom Streifenwagen aus getan", berichtete Alfred. „Aber ich habe nichts dagegen, daß ihr Frau Lindemann begleitet."

„Gut."

Maria Lindemann stand auf. Sie nickte den Freunden dankbar zu. „Trotzdem, es wäre nicht nötig."

„Doch, Frau Lindemann." Ela legte einen Arm um sie. „Ich kann mir denken, wie Ihnen jetzt zumute ist."

„Das schon. Mein Sohn wird auch bald kommen. Ihm kann ich dann alles erklären."

„Sicher."

Bevor sie den *Käfig* verließen, bedankte sich Turbo noch bei der Kellnerin Rita.

„Wofür denn?" fragte sie lachend.

„Der Tip war gut."

Sie zwinkerte ihm zu. „Ich habe doch nur genickt, Junge."

„Tja, da sieht man wieder, was ein Nicken zur richtigen Zeit für Folgen haben kann."

„Stimmt, wenn das nur alle wüßten."

Sie gingen hinaus. Frau Lindemann meinte kopfschüttelnd: „Ich begreife das alles nicht. Daß es soviel Schlechtigkeit auf dieser Welt gibt, ist mir ein großes Rätsel."

Zu viert klemmten sie sich in den VW. Diesmal setzten sich Randy und Turbo nach hinten.

Noch immer standen Neugierige auf dem Gehsteig. Der Polizeieinsatz hatte sich in Windeseile herumgesprochen.

„Hast du was?" fragte Randy, als er sah, wie Turbo über seinen Bauch strich.

„Ja, Hunger."

„Dann mach dir ein paar satte Gedanken, Mensch..."

11. Der Schock

Frau Lindemann hatte schon die Scheinwerfer anstellen müssen, als sie den kleinen Laden erreichten. Die Schatten der Dämmerung lagen wie breite dunkle Tücher über den Straßen.

Sie stellte den VW auf dem Hof ab, stieg aus und schaute an der Rückseite des Hauses hoch. „Es brennt kein Licht. Thomas wird noch nicht zu Hause sein."

„Hat er denn eine Zeit genannt?" fragte Ela.

„Nein, er ist alt genug. Er kann kommen und gehen, wie er will. Aber ihr werdet doch noch mit hochkommen. Ihr könnt etwas trinken bei mir." Und mit einem schiefen Lächeln fügte sie hinzu: „Wenn ihr mir traut."

„Immer, Frau Lindemann“, antworteten die Freunde prompt. „Aber bemühen Sie sich nicht. Das ist wirklich nicht nötig.“

„Doch, es ist nötig. Ich entscheide das. Und jetzt will ich keine Widerrede hören.“

„Ja, Mami“, erwiderte Randy leise und kassierte von Ela einen Stoß in die Rippen.

Frau Lindemann schloß auf, und im Gänsemarsch betraten sie den Hausflur. Sie nahmen im Wohnzimmer Platz, während Frau Lindemann in die Küche ging.

Sie kam mit einem Tablett zurück, auf dem Gläser und mehrere Flaschen standen. Die Freunde konnten zwischen Apfel- und Orangensaft wählen. Frau Lindemann allerdings schenkte sich einen Schnaps ein. „Den brauche ich jetzt auf den Schreck. Der ist wie Medizin.“

„Sagt mein Vater auch immer!“ rief Ela. Sie und Turbo gossen den Saft in die Gläser.

Randy hatte die Beine ausgestreckt und schaute zur Decke hinauf. „Glauben Sie, daß jetzt alles zu Ende ist?“ fragte er nachdenklich.

Frau Lindemann setzte sich vorsichtig hin, damit sie nichts verschüttete. „Erst wollen wir mal trinken. Ein kräftiges Prost auf euch und auf eure Zukunft.“ Sie kippte den Schnaps mit einem Ruck weg und schüttelte sich danach, als sie das leere Glas zur Seite stellte. „Es hat trotzdem gutgetan. Du wolltest eine Antwort, Randy?“

„Ja.“

Maria Lindemann hob die Schultern. Sie sah irgendwie traurig aus. „Es gibt da noch einen dritten Mann im Hintergrund. Und das bereitet mir Sorgen.“

„Der wird sich neue Helfer holen, nicht?“

„Davon muß ich ausgehen. Für Geld tun leider sehr viele Menschen schlimme Dnge.“ Sie legte ihre Handflächen gegeneinander. „Ich habe auf der Fahrt hierher überlegt, ob ich nicht doch alles schon jetzt verkaufen soll. Ich bin sechzig, da könnte ich mich zur Ruhe setzen. Das wird wohl am besten sein.“

„Protest!“ rief Ela. „Wo kaufen wir dann ein?“
„Im Supermarkt.“
„Da sind Sie aber nicht.“
„Ach Kind, du wirst dich schon an andere Verkäufer gewöhnen, glaube mir.“
„Ich finde auch“, sagte Randy, „daß Sie es sich noch einmal überlegen sollten.“
„Und wenn bei mir wieder Lebensmittel vergiftet werden? Gestern war es dieser Sahnedrink, morgen kann es Käse oder Butter sein. Ich lebe doch mit einer ständigen Angst. Und ich kann auch nicht jedes Lebensmittel zuvor untersuchen lassen. Das ist alles zu kompliziert für mich.“
„Wenn die Polizei aber diesen Unbekannten findet, brauchen Sie keine Angst mehr zu haben.“
„Das stimmt, Ela.“
„Haben Sie denn keinen Verdacht?“
„Nein, frag Randy. Wir standen ihm gegenüber und konnten ihn nicht sehen. Er hat uns geblendet. Und seine Stimme war so seltsam. Man hörte nur ein krächzendes Flüstern. Es hätte ebensogut eine Frau wie auch ein Mann sprechen können.“
„Wer könnte es denn sein?“ Ela ließ nicht locker.
„Alle – jeder. Ihr natürlich nicht.“
Randy nickte. „Ich denke, daß die Polizei sehr viel Arbeit haben wird, um den Mann zu finden. Ziegenbein und Maurer scheinen ja auch nichts zu wissen.“
„Vielleicht reden sie auf der Wache“, meinte Turbo und schaute auf seine Uhr.
„Willst du schon fort?“
„Ja, Frau Lindemann. Wir werden sicherlich erwartet.“
„Gibt es Ärger?“
„Jubel bestimmt nicht“, erwiderte Ela. „Ist auch schon komisch, daß uns immer solche Sachen passieren. Stellen Sie sich vor. Zuletzt machten wir ein paar Tage Ferien in der Lüneburger Heide, als uns Heidehexen und Bankräuber über den Weg liefen. Das ist wohl unser Schicksal, gegen das wir nicht ankommen.“

Frau Lindemann hob die Schultern. „Wenn ich euch dann nicht länger halten kann, darf ich mich sehr, sehr herzlich für eure Hilfe bedanken. Ich hätte niemals gedacht, daß mir so etwas auf meine alten Tage noch passieren würde."

Frau Lindemann wollte jedem die Hand reichen, um sich noch einmal persönlich zu bedanken. Von der Wohnungstür her kam ein Geräusch. Jemand drehte einen Schlüssel im Schloß.

Automatisch richteten sich die Blicke der Freunde auf die Wohnzimmertür.

„Das ist mein Sohn", erklärte Frau Lindemann und lächelte. „Jetzt bin ich wenigstens nicht allein." Laut rief sie: „Thomas."

„Ja, Mutter?"

„Kannst mal kommen?"

„Jetzt sofort?"

„Bitte."

„Ich wollte mich eigentlich erst umziehen, aber okay." Sie hörten Schritte, dann öffnete Thomas die Tür zum Wohnzimmer.

Er war groß, auf seinem Kopf wuchs sehr helles Haar. Hell schimmerten auch die Augen, und hell war sein langer Mantel, ein Trenchcoat.

Als er die Freunde sah, blieb Thomas wie angewurzelt stehen. Für einen Moment verzerrte sich sein Gesicht.

Randy starrte ihn an, schaute auf den Mantel und dachte an die Szene in der Halle.

Da hatte er etwas für einen Moment gesehen, und plötzlich fiel es ihm wie Schuppen von den Augen.

Thomas Lindemann mußte wohl bemerkt haben, was in dem Jungen vorging. Er lachte hart auf, griff in die Tasche und holte ein kleines Mikro hervor, an dem ein Verstärker hing. Beides war durch einen Draht verbunden und lief über eine Batterie.

„Sie sind der dritte Mann!" flüsterte Randy fassungslos.

Thomas nickte. „Ja, Freunde, ihr habt recht. Ich bin es. Ich bin der dritte Mann..."

Frau Lindemann war kreidebleich geworden. Sie stand da, zitterte, dann flüsterte sie: „Du lügst, Thomas! Sag mir, daß du lügst!" Sie holte tief Luft. „Sag es..."

Auf der kantigen Stirn des jungen Mannes standen Schweißperlen. „Nein, Mutter, ich lüge nicht. Tut mir leid, aber es ist alles wahr."

Die Luft im Raum schien vor Spannung zu knistern. Randy wagte kaum zu atmen. Er kam sich vor wie auf einer Bühne.

„Ja", sagte Frau Lindemann, wobei sie tief ausatmete. „Ja, ich habe dich verstanden, Thomas. Ich habe dich verstanden, aber", sie redete jetzt sehr langsam, „ich kann dich nicht begreifen. Ich kann deine Handlungen nicht nachvollziehen. Warum hast du das getan? Warum nur, Junge?"

„Kannst du dir das wirklich nicht denken, Mutter?"

„Nein."

„Ich hatte die Nase einfach voll. Ich wollte nicht mehr. Das Leben hier war doch nichts. Vielleicht für dich und deinen komischen Laden, nicht aber für mich. Ich mußte oft genug auf den Großmarkt fahren und das Zeug einkaufen. Ich habe das jedesmal verflucht, aber du hast es immer wieder geschafft, mich rauszujagen. Es ist zum Heulen gewesen, einfach widerlich. Dieser Laden, das Haus – es sind Werte, es ist ein guter Platz, was auch andere wußten."

„Wer?"

„Na ja..." Er lachte jetzt. „Ein Strohmann, der von einer größeren Firma vorgeschickt wurde. Er nahm mit mir Kontakt auf. Die Firma im Hintergrund hätte das Haus und das Grundstück gern gekauft, aber du wolltest nicht. Das sagte ich den Leuten auch. Sie rieten mir, zu anderen Mitteln zu greifen."

„Dann hast *du* mich erpreßt, nicht?"

„Meinetwegen nenne es so." Und zynisch fuhr er fort. „Das Geld wäre ja in der Familie geblieben."

Frau Lindemann schloß für einen Moment die Augen. „Erpressung, das Vergiften der Ware..."

„Geschah nur, weil du dich so stur gestellt hast. Du hättest wirklich verkaufen sollen."

Die Frau nickte. „Vielleicht hätte ich das. Ich habe auch mit dem Gedanken gespielt. Aber du, Thomas, hast verloren. Du wirst nichts davon haben. Und ich, deine eigene Mutter, ich werde dafür sorgen, daß sich die Gittertür einer Zelle hinter dir schließt. Ich muß mich in Grund und Boden für dich schämen." Sie hatte Mühe, die Tränen zurückzuhalten.

Die drei Freunde hörten alles mit an. Sie standen da und fühlten sich wie vor den Kopf geschlagen, denn mit einem derartigen Ausgang des Falls hatten sie nicht gerechnet.

Es war schlimm, sehr schlimm. Ein Mann erpreßte seine eigene Mutter. Nicht nur Randy Ritter zitterte vor Wut.

Thomas Lindemann lachte leise. „Hinter Gittern wirst du mich nicht sehen, Mutter. Ich habe hoch gepokert und einiges verloren. Aber mich bekommt keiner."

„Wie du meinst, Thomas. Ich persönlich werde jetzt die Polizei anrufen und sie bitten, dich abzuholen."

„Ach ja?"

„Spar dir deinen spöttischen Ton. Du hast..."

„Noch einen Trumpf", erklärte Thomas Lindemann, griff in die Trenchcoattasche und holte eine Waffe hervor. Es war eine kleine, handliche Pistole, und er schwenkte sie im Halbkreis, so daß die Mündung auf jeden einmal zeigte. Das verzerrte Gesicht des Mannes offenbarte, daß er zu allem entschlossen war. „Keiner von euch hält mich auf – keiner!"

Seine Mutter wollte es trotzdem tun. „Bist du tatsächlich schon so tief gesunken, daß du auf deine Mutter schießen willst?" fragte sie mit lauter Stimme. „Bist du das?"

„Ich habe das alles satt hier. Ich habe dich satt."

„Hüte dich, ich ...!"

Randy saß am nächsten. Bevor Frau Lindemann etwas Unüberlegtes tun konnte, hielt er sie fest.

„Bitte, nicht."

„Ja, das ist gut!" Mit einem Sprung zurück überwand Thomas die Schwelle und stand schon im Flur. Von dort aus hatte er es nicht weit bis zur Wohnungstür.

Er warf die Tür hinter sich zu und startete zur Flucht...

Alles wäre glatt gelaufen, hätten sich nicht diese verfluchten Typen eingemischt.

Thomas Lindemann kochte vor Wut. Jetzt mußte er erst einmal untertauchen. Ohne das große Geld. Aber das würde er sich schon noch irgendwie holen, erst mußte Gras über die Sache gewachsen sein.

Er hatte sich noch Zeit genommen, die Wohnzimmertür abzuschließen. Bis die von innen aufgebrochen war, hatte er sich schon längst in Sicherheit gebracht.

Er hetzte die Treppen hinab. Lindemann war dermaßen stark mit sich und seinen Plänen beschäftigt, daß er auf nichts anderes achtete und deshalb nicht merkte, wie jemand die Treppe hochkam.

Das war ausgerechnet Alfred, der die Freunde abholen wollte. Das Verhör, dem er beigewohnt hatte, hatte nichts gebracht. Alfred kam von unten, die Haustür war nicht verschlossen gewesen, der andere von oben.

Sie sahen sich an – und beide wußten sofort Bescheid.

„Aus dem Weg!" keuchte Lindemann. Er richtete den Revolver auf Alfred.

„Wo ... wohin denn?"

„Hände hoch, und an die Wand!"

„Okay, mache ich schon." Alfred spielte den Ängstlichen, tatsächlich aber lauerte er auf seine Chance. Daß der Mann kein Profi war, hatte er sofort erkannt. Und auf der Treppe war es ziemlich eng.

Lindemann kam näher. Vorsichtig stieg er die Stufen hinab. „Rühr dich nur nicht vom Fleck!"

„Nein, nein ..." erwiderte Alfred mit Zitterstimme. Er hatte sogar die Arme hochgehoben.

Auf die Füße schaute Lindemann nicht.

Und mit seinen Beinen konnte Alfred ebenso gut umgehen wie mit seinen Händen.

Eine Sekunde später bewies er es. Durch einen blitzschnellen, kaum mit den Augen zu verfolgenden Tritt fällte er Thomas Lindemann kurzerhand um.

Der kippte, schrie und schoß.

Die Kugel jagte in die Flurdecke, während Thomas Lindemann kopfüber die Treppe hinunterstürzte. Wie eine Kugel rollte er noch über den Hausflur und kam dicht vor dem Ausgang zum Stillstand.

Alfred war ihm gefolgt und riß ihm nun die Waffe aus der Hand. Die ersten Wohnungstüren gingen auf, denn der Schuß war nicht ungehört geblieben.

Thomas Lindemann rührte sich nicht mehr. Er lag in tiefer Bewußtlosigkeit.

Ein älterer Mann erreichte Alfred und den Bewußtlosen als erster. Bevor der Hausbewohner eine Frage stellen konnte, bat Alfred ihn, die Polizei anzurufen.

„Ja, sofort, ja sofort!" Stotternd lief der Mann weg, und Alfred lehnte sich müde gegen die Wand...

Der Fall war gelöst, aber keiner konnte sich freuen. Nicht ein Lächeln umspielte die Lippen der Freunde, und auch Alfred konnte immer nur den Kopf schütteln.

Für Frau Lindemann war ein Arzt geholt worden, denn sie konnte das alles kaum mehr verkraften, was nur zu verständlich war.

„Ich kann es nicht begreifen", sagte Ela. „Ich kann es einfach nicht begreifen."

„Ich auch nicht", flüsterte Randy.

Turbo stand am Fenster und starrte ins Leere. Er und die beiden anderen sowie Frau Lindemann waren schließlich von Alfred aus der Wohnung befreit worden. Thomas Lindemann würde bald vor Gericht gestellt werden und eine gerechte Strafe bekommen.

„Sollen wir jetzt nicht endlich fahren?" fragte Alfred.

„Und Frau Lindemann? Was ist mit ihr?" fragte Ela.

Der Arzt wandte sich um. „Ich werde sie in ein Krankenhaus zur Beobachtung einweisen lassen. Es ist für sie besser, wenn sie Ruhe hat."

„Dann gehen wir", sagte Alfred.

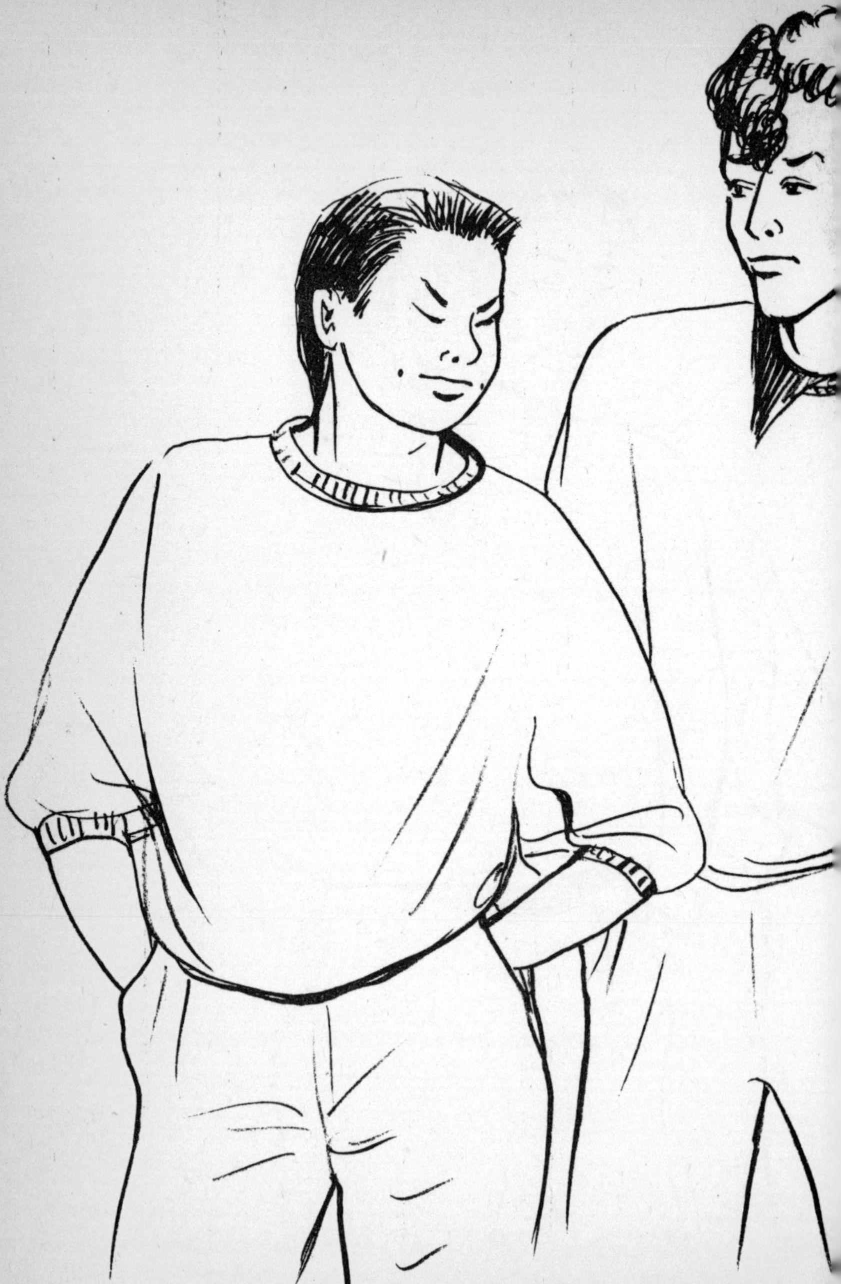

Draußen war es dunkel geworden. Vor dem Schaufenster blieben sie stehen und schauten auf die Auslagen, ohne sie eigentlich richtig wahrzunehmen.

„Alles werde ich trinken“, meinte Alfred, „nur keinen Sahnedrink mehr.“

Keiner widersprach …